恐怖水域主宰者

海盗帝国系列

红将 著

海洋出版社

2009年·北京

图书在版编目(CIP)数据

恐怖水域主宰者／红将著—北京：海洋出版社，2009.1
(海盗帝国系列)
ISBN 978－7－5027－7117－7

Ⅰ.恐… Ⅱ.红… Ⅲ.纪实文学—中国—当代 Ⅳ.I25

中国版本图书馆CIP数据核字(2008)第208101号

责任编辑： 赵 娟 王书良
责任印制： 刘志恒
海洋出版社 出版发行
http://www.oceanpress.com.cn
北京市海淀区大慧寺路8号 邮编：100081
北京海洋印刷厂印刷 新华书店北京发行所经销
2009年1月第1版 2009年1月第1次印刷
开本： 787mm×1092mm 1/16 印张：15
字数： 200千字 定价：28.00元
发行部：62147016 邮购部：68038093 总编室：62114335
海洋版图书印、装错误可随时退换

目 次

经过这场决斗，迪斯卡斯中校所属水兵的斗志彻底被瓦解了，摩根船长手下的人很轻易地占领了“闪电”号和另外两艘船。

“教父”号和“闪电”号上遇难者的亲属中有几位身居高位，在政府中拥有很大的影响力，他们对逝者的悲痛都转化成了对摩根总督的不满，而舆论也对摩根总督越来越不利。

在他离开人世之前，摩根船长并没有留下任何遗嘱，按照当时英国的法律，他的财产应该由最近的亲属——也就是他的侄子卡尔特 · 摩根来继承。

大约在 17 世纪中期，一些法国探险家乘坐大帆船和大平底船向新大陆进发，来到了伊斯帕尼奥拉岛。

1 库拉索岛的海盗

正午的阳光照在库拉索岛的海滩上，反射着刺眼的光芒。

几艘大小不一的帆船倾斜着搁浅在沙滩上，从破烂不堪的船体上看得出来，这些船曾经经历过激烈的战斗。

这些小船上的船员都已经从船上下来，他们看起来已经精疲力尽了，在沙滩上走了几步之后就疲惫地坐了下来。这些水手身上大都带着伤，有的还很重，他们的伤口只是被草草地处理了一下，鲜血不时从包扎在伤口的破布上渗出来，将他们身下的沙地染成红色。

这些人是一个海盗团伙的成员，团伙的头目名叫汉克斯·爱德华兹。不久之前，这位海盗船长接受了牙买加的英国总督托马斯·莫蒂福德的命令，召集了附近海域的几个海盗团伙，总共纠集了近千名对财富充满渴望的海盗，组成了一支规模庞大的“远征军”，把八艘海盗船塞得满满的，然后从牙买加出发去进攻富庶的西班牙殖民地——库拉索岛。

这些渴望发财的海盗曾经以为自己所要做的就是乘船到库拉索岛，然后上岸对那些胆小的西班牙岛民大开杀戒，最后带着难以计数的财宝凯旋而回。不过，事情并没有按照他们的希望发展下去。

海盗们的目标库拉索岛属于荷属安德列斯，由加勒比海中两个相距约九百千米的南北两组岛屿组成。1493年哥伦布在第二次航行时曾途经此地，1499年西班牙探险家最早登上库拉索岛的南组岛。1634年，西班牙占领了库拉索岛，宣布这里成为西班牙殖民地，并且在这里建立城堡。17世纪末到18世纪，库拉索岛作为加勒比海贸易的货物集散地而繁荣一时，当然也成了所有海盗垂涎的目标。

为了保护自己国家殖民者的利益，西班牙政府花费重金在库拉索岛的港口附近建起了坚固的堡垒，并且在这里驻扎了重

兵——关于这些堡垒的事情，海盗们也曾经有所耳闻，不过他们相信自己能够轻易地占领它们，就像是几年前来自法国的同行们所干的那样，直到进攻开始之后，他们才发现自己错得很厉害。

在登岸的途中，其中一艘海盗船被猛烈的炮火击沉了，不过其他的海盗并没有因此而退却，对财富的渴望已经蒙蔽了他们的双眼，让他们失去了理智。在海盗首领爱德华兹的带领下，海盗们冒着炮火乘坐小艇冲上了岸，疯狂地喊叫着向不远处的堡垒冲过去。

不过海盗们很快就绝望的发现，他们对眼前坚固的城墙毫无办法，只能眼睁睁地看着子弹如同冰雹般呼啸着从城墙上扑下来，把冲在最前面的人打成蜂窝。

没过多久，海盗们的勇气就被对死亡的恐惧取代了，有人大叫着转过身向海岸的方向跑去，这种行动很快就传染了所有的人。一分钟之后，所有的海盗都停止了进攻，转身开始逃跑 。

堡垒里的西班牙人当然不会放过这个机会，堡垒的大门打开，一队队士兵冲了出来对那些逃跑的海盗展开追击。在这场一边倒的战斗中，海盗首领爱德华兹被一颗子弹在大腿上开了个洞，随即被西班牙人俘虏了。

失去了领导者的海盗们逃上了他们用来登岸的小船，向停在不远处海面上的海盗船划过去。西班牙人的炮弹和子弹仍然不停地向海盗们扑过来，有些小船被炮弹击中，和船上的人一起沉入了海底。对于海盗们来说很幸运的是，西班牙人大概认为这些海盗被吓破了胆，已经没有什么威胁了，所以并没有派出战舰进行追击，因此当海盗们的小船逃出堡垒炮火的射程之后就安全了。

不过海盗们的确已经成了惊弓之鸟，登上海盗船之后，他们立刻升起帆逃走。剩下的几艘海盗船都在刚才的海战中受了伤，船体不停地漏水，如果不修理的话根本无法远航。无奈之下，海盗们只好在附近小岛上找了一个偏僻的海滩，把已经遍体鳞伤的海盗船搁浅在那里。

很快，又有一艘海盗船逃到了这里，这艘船上的海盗带来了一个恐怖的消息：爱德华兹和其他被俘的海盗已经被西班牙人砍下了脑袋，现在他们的头颅正挂在堡垒的城墙上。

这个消息足以让最无畏的海盗丧失勇气，恐惧和沮丧如同乌云般笼罩在这些曾经热血沸腾的海盗头上。现在，这些海盗都想知道自己接下来应该怎么办。

“既然这样，我们回牙买加去吧。”有人这样提议，立刻有许多人响应，其中包括几位幸存的海盗船长。

就在这时，一个人跳了起来大声道：“不行，现在我们还不能回牙买加！”

所有人都向发出这个声音的人看过去，那是一个身材瘦高的年轻海盗，和其他人一样赤裸着上身，穿着破旧的裤子，看起来贫穷而且卑微，唯一和其他海盗不同的是，这个年轻海盗的眼睛里闪烁着智慧——更准确的说法应该是狡诈——的光芒。

“嘿，是亨利·摩根。”一个海盗认出了这个年轻人，他是爱德华兹手下的一名水手，刚加入这个海盗团伙不久。据

说在登上海盗船之前，这个名叫亨利·摩根的年轻人曾经在巴巴多斯岛做过一段时间苦工，工作是在码头上搬运砂糖。

这个远征队的另一位海盗船长从沙滩上站起来，摇摇晃晃地走到摩根身边，恶狠狠地盯着他的眼睛，说：“孩子，你

凭什么这么说？”

摩根毫不畏惧地和这个海盗船长对视，冷静地说：“我当然有自己的理由，如果所有人都愿意听，我现在就告诉你们。”

海盗船长回头看了一眼其他海盗，然后对摩根说：“说出你的理由吧，孩子，我们都在等着。”他始终坚持称呼摩根“孩子”，以此来表示对这个年轻人的蔑视。

对于这个侮辱，摩根采取了完全无视的态度，他从海盗船长的身边走开，对周围那些或坐或躺在海滩上的海盗们说：“你们都是最勇敢的男人，难道你们愿意就这样空手而归，任由那些躲在城市里的胆小鬼嘲笑吗？”

这句话把所有人的注意力都吸引过来了，有人说：“难道你没看到那些西班牙人的城墙和大炮吗？我们根本无法冲进那座坚固的堡垒，再试几次都一样！”其他海盗纷纷表示同意，不久之前的那场战斗给他们留下了非常恐怖的印象，从城墙上呼啸着倾泻下来的炮弹和子弹就像是死神的镰刀一般收割着海盗的生命，侥幸逃回来的人绝对不会想再次去碰触这个危险的锋芒。

对于这句话，摩根并没有反驳，从容地点了点头，说：“没错，那座堡垒的确不是我们能够攻克的。不过除了它之外，我们还有其他更好的目标。”

摩根的话引起一阵议论，过了一会儿才有人问：“你说的目标在哪里？”

摩根举起手指向大海：“就在那里，古巴的卡马圭城，它就是我们下一个目标。那座城市位于古巴岛中东部，从来没有

被海盗袭击过，城里堆满了金子和珠宝，而且几乎没有什么防御能力。如果你们愿意追随我的话，我保证你们能够安全地带着大把大把的金银珠宝回到巴拿马，就像一个真正的胜利者那样。”

摩根的话在海盗中引起一阵骚动，这些被西班牙人的大炮打得垂头丧气的海盗好像突然喝了一大瓶朗姆酒，又变得兴奋起来。一个海盗从沙滩上跳了起来，他的左眼在刚才的战斗中被子弹击中，自己从衣服上撕了一块破布包了起来，此时还在不停地渗出血来，他对摩根大声说：“你真的能带我们找到金子？”

摩根肯定地点了点头，说：“没错，很多的金子。”

“那我们就听从你的命令！”独眼海盗回过头，对其他海盗吼道：“你们说对不对？”

“对，对！”海盗们发出狂野的呼喊，纷纷从沙滩上站起来，兴奋地向天空中挥舞着拳头。摩根的许诺重新点燃了海盗们熄灭的斗志，对于财富的渴望让他们把对死亡的恐惧驱逐得一干二净。

另外几位海盗船长心里虽然对这个年轻的海盗不太服气，不过因为海盗船上是实行“民主”制度的，对于大多数船员同意的事情，即使是海盗船长也无法改变，否则很可能遭到罢免。所以此时其他海盗船长虽然不太高兴，也只能承认亨利·摩根成为这群海盗的最高领导者，事实上，他们也很想知道这个年轻人到底能带领这群海盗找到什么“宝藏”。

看着周围欢呼的海盗，摩根满意地点了点头。接着，摩根就开始给这些海盗分配工作：一部分人负责警戒，防备西班牙人可能的突袭；另一部分人去修理在战斗中损坏的海盗船，同时把所有可用的武器收集起来；几名船医则负责治疗那些受伤比较重的海盗，不过在这种缺少药品和消毒措施的情况下，所谓“治疗”的作用其实并不比给伤者一瓶朗姆酒大多少。

在接下来的几天里，西班牙人的战舰并没有出现，这让海盗们的信心更足了。有几艘海盗船路过这里，听了摩根的计划之后，他们也决定加入。

等到海盗船修好之后，摩根惊喜地发现自己手下已经有了八条海盗船和五百多名渴望去掠夺财富的海盗。

在手下海盗的簇拥下，摩根戴上一顶有些破旧的船长帽，高昂着头登上原本属于爱德华兹的海盗船“幸运星”号，向着海面的远方一挥手：“出发！”

2 卡马圭城的噩梦

卡马圭城位于古巴岛内路的中东部，是一座由西班牙殖民者建立起来的城镇，用来作为各种货物的中转站，无数从岛上原住民那里掠夺来的黄金、宝石和其他贵重物品都被集中到这里，再运往各个港口送回西班牙。

虽然地理位置非常重要，不过这里并没有多少守卫部队。为了对付附近海域由英国政府暗中支持的猖獗海盗，西班牙人将大部分军队都集中在港口，像卡马圭城这样的内陆城镇只有少得可怜的正规军和居民自己组织的自卫队。不过卡马圭城的居民们并不太担心自己的安全，毕竟整个古巴岛都在西班牙人的控制之下，从来没有大群的海盗能突破重重阻碍来到这个远离海岸的城镇。

不过，凡事总有第一次。

经过几天的航行之后，摩根率领他的海盗舰队抵达了古巴岛的海岸。在这一路上他们尽量避开在附近海域巡逻的西班牙海军，并没有进行战斗。

摩根命令舰队停泊在一处远离港口的隐蔽海湾，除了二十名留下来看守船只的人之外，其他海盗都跟随摩根乘坐小艇登上了古巴岛的海滩。

一个海盗问摩根：“现在，我们应该去哪里？”

摩根拿出指南针和一份简陋的地图看了一会儿，举起手指向不远处的雨林深处，说：“卡马圭城就在那边，那里到处是黄金和珠宝，让我们去拿吧！”

“黄金！黄金！！”海盗们兴奋地发出震耳欲聋的欢呼声，好像他们已经把大把大把的黄金装进自己的口袋里一样。

几乎没有进行任何准备，这群被黄金的光芒冲昏了头脑的狂热海盗们就跟随着摩根冲进了古巴岛上茂密的雨林。

在雨林里跋涉比所有人预料的都要艰难得多，除了闷热潮湿的空气和无处不在的吸血昆虫之外，海盗们还要面对隐藏在黑暗中随时准备发动袭击的猛兽，以及无时无刻不在威胁他们的敌人——饥饿。海盗们离开他们的船开始这次远征的时候并没有带太多的粮食，因为船上的粮食储备已经所剩无几了。

经过两天艰苦的跋涉，当第三天的太阳升起的时候，爬到树冠上瞭望的海盗看到远处的密林中出现了人造的建筑物，立刻兴奋地大叫起来。

“卡马圭城到了，黄金！卡马圭，黄金！”海盗们发出震耳欲聋的欢呼声，好像他们已经攻占了这座城市，正在享受战利品一样。

作为领导者的摩根比他手下的海盗们要冷静得多，他命令大队人马躲藏在森林里等待时机，同时派出几名比较机灵的海盗去卡马圭城的方向侦查。

去侦查的海盗很快就回来了，他们带来了关于卡马圭城的很多的情报。因为位于茂密的热带雨林中央，卡马圭城的建筑物几乎完全是由木头建成的，城镇周围的围墙也是木制的，只有一人多高。

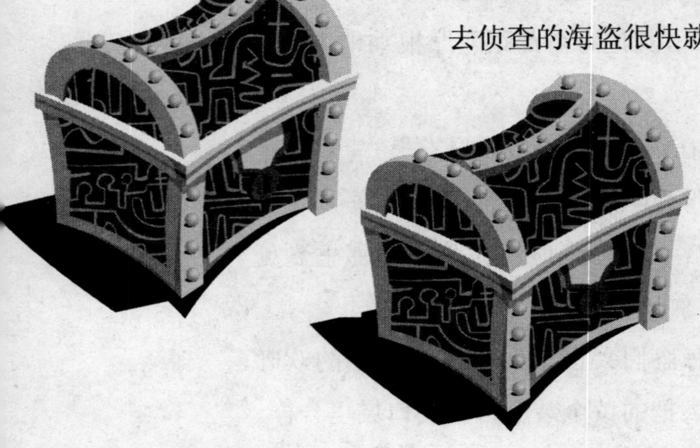
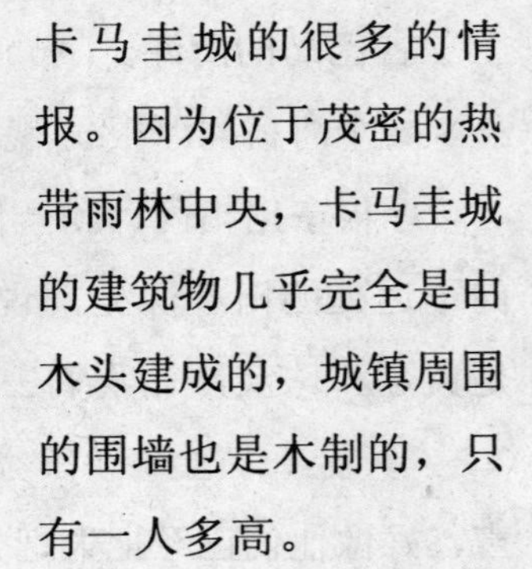

摩根命令一部分海盗负责守住通往附近港口的道路，防止逃走的卡马圭城居民向驻扎在港口的西班牙军队求援，然后就命令发动攻击。

早已等得不耐烦地海盗们发出一阵欢呼，这些暴徒根本不打算组织什么队形或者梯队，就这样争先恐后地挥动着武器向

卡马圭城扑过去。

卡马圭城的居民们对即将到来的噩梦一无所知，他们做梦都没想到会有一大群疯狂的海盗正在向自己的城市袭来。

最先发现这群暴徒的是一名西班牙商人，当时他正率领着自己的商队离开卡马圭前往附近的海港，却和正冲过来的海盗碰上了。

最初在看到冲在最前面的海盗时，这支小商队为数不多的几名保镖还想保卫雇主的财产，不过当他们看到丛林里不断涌出的暴徒时，这份勇气转眼间就消失殆尽了，毕竟他们得到的报酬只是对付猛兽或者游荡的零星匪徒，而不是去送死。保镖们在很短的时间内就达成了某种默契，不约而同地把西班牙商人和他的货物扔在原地，转身向卡马圭城的方向狂奔逃命去了。

被扔下的商人即恐惧又愤怒，现在他面临着一个选择，是留下来保护自己的货物，还是像那几名保镖一样逃命。当商人意识到自己其实并没有太多选择的时候，他和他的货物已经被一群挥舞着短刀的暴徒围在了中间。于是，这位商人和他的货物成了海盗们的第一份战利品。

那几名逃命的保镖冲进卡马圭城，大叫着："强盗来了，有很多！"城里的居民根本没有把他们的警告当作一回事，他们从来没有经历过大规模的袭击，总觉得即使发生战争，位于古巴岛腹地的卡马圭城也会是非常安全的。

直到一大群面目狰狞的暴徒出现在城里的街道上，卡马圭居民那种安全的幻觉终于被现实踩得粉碎。驻扎在卡马圭城的一小队西班牙士兵和市民自卫队只抵抗了很短的时间，其中一半的人被砍下了脑袋，另一半则放下武器投降了。

冲进卡马圭城之后，海盗们没过

多久就完全控制了这座城市，早已迫不及待的他们根本不需要什么占领仪式，立刻就开始了疯狂的劫掠。

疯狂的海盗们冲进每一座房子，把一切值钱的东西都装进自己的口袋里，同时把那些瑟瑟发抖的市民从他们的藏身处揪出来，逼问他们隐藏财宝的地方，如果这个可怜人拒绝交出自己的财产或者打算反抗，海盗们就会用粗暴的拳头或者锋利的短刀让他明白自己现在的处境。许多拒绝交出所有财产的卡马圭市民都被残忍地杀害了——对于西班牙人，摩根和他手下的海盗从来不会手软。

唯一值得庆幸的是，这群暴徒仍然遵守海盗之间约定俗成的某些规则，比如不欺辱妇女，不杀害儿童。事实上，海盗们的目的很明确，就是从卡马圭的西班牙人手中榨出尽可能多的金银或者宝石来。

经过海盗们的“努力”，越来越多的财宝被从隐藏它们的地方找出来，闪耀着光芒的金币、银币，精致的金银酒器以及各种各样西班牙人从原住民手里抢来的金银制品，还有粮食、腌肉和海盗们最喜欢的饮料——酒。

摩根命令海盗们把所有的战利品都集中到卡马圭城的中央广场上，在那里堆起了好几座金光闪耀的小山。

丰厚的战利品让所有海盗兴奋不已，有些海盗想用战利品中的酒来庆祝一下，却被摩根毫不留情地阻止了。

“现在还不是庆祝的时候。”这位海盗船长召集了各条海盗船的船长和大副，对他们说，“我们应该想办法让这些该死的西班牙人交出更多的钱来。”

一位 船长说：“可是我们已经把这里翻遍了，再也找不出半个金币。这些西班牙人就像是被拔光了羽毛的公鸡，什么都没有剩下！”他的话引起了一阵哄笑，许多人附和说：“说得没错，就是这样！”

摩根示意大家安静下来，然后说：“虽然这些西班牙鸡已经没有了羽毛，不过它们身上还有肉，不是吗？我们应该想办法把它们的肉也刮下来。”

有人问：“你有什么办法？”

摩根的嘴角浮现出一个自信而邪恶的微笑，说：“这里不是还有这么多西班牙人吗？他们就是我们的钱袋。”

其他海盗有些迷惑，其中一个问道：“你是说，把他们卖给奴隶商人？这些西班牙猪可卖不出什么好价钱。”其他海盗纷纷点头。

摩根邪恶地笑着说：“我们可以把这些西班牙人卖给他们的家人和朋友，他们会很高兴出大价钱来买的。”

海盗们发出一阵骚动，所有人都对这个计划感到非常兴奋 。

摩根的计划很快就开始实施了。海盗们再次冲进卡马圭城里的每一栋房子，用短刀和火枪把他们认为可以勒索到赎金的人强行带走，所有胆敢或稍作反抗的人得到的都是一顿毒打，甚至被残忍地杀害。这种野蛮的行为持续了一整天，直到摩根认为“西班牙钱包”已经够多了之后才停下来。根据后来的统计，有近百名西班牙人成了海盗们的俘虏。

第二天，海盗们把战利品装上抢来的马车，再用绳子把俘虏绑成一支长长的队伍，然后赶着马车押着俘虏进入茂密的热带雨林，向海盗船停泊的海湾方向走过去。

为了不在茂密的热带雨林中迷路，摩根亲自挑选了三个会说英语的西班牙人作为向导，这三个西班牙人本来不同意为海盗服务，不过经过一番拳头加木棍的“诚恳说服”之后，他们最终还是屈服了。

临走之前，摩根给那些幸存的卡马圭城居民留下了一个消息，让他们用一千头牲畜和二十公斤重的黄金来交换海盗手中的俘虏。摩根很清楚自己手下的海盗已经把卡马圭城的财富几乎搜刮干净了，这座城市在短期之内根本拿不出这些东西，所以他给了卡马圭城居民半个月的时间筹措这笔赎金。

和来的时候相比，此时的海盗们要舒服得多了，一路上大口吃肉大碗喝酒，互相吹嘘着自己在与西班牙人战斗中的“英勇”表现，计算着在这次劫掠之后能够分到多少钱。

俘虏们的遭遇就很悲惨了，他们只能得到仅够维持生命的食物和水，走得稍微慢一点还会招来一顿毒打。

几天之后，海盗们穿过热带雨林回到了他们登岸的海滩，海盗船仍然安全地停泊在海上。足足用了一整天，海盗们才把包括俘虏在内的所有人和物品都装上了海盗船。

半个月之后，卡马圭城的居民按照海盗的指示把好不容易筹措到的“赎金”装上两艘单桅帆船，由一些最勇敢的水手驾船送到了海盗手中。在海盗们收到赎金两天之后，一艘巡逻的西班牙战舰在一个荒岛的沙滩上发现了被掳走的卡马圭城市民。

这就是亨利·摩根在加勒比海胆大妄为的登场秀，从此之后，年轻的亨利·摩根就被他手下的海盗心悦诚服地尊称为“摩根船长”。

3 凯旋

在海滩上扔下俘虏之后，摩根船长命令舰队立刻升帆起航。离开西班牙战舰的巡逻范围后，海盗们在一个无名小岛上停靠了几天，除了修理船只之外还瓜分了他们的战利品。虽然海盗们瓜分的钱比他们在卡马圭抢到的少很多，不过大多数人都没有意识到这一点，因为他们分到手的钱已经很多了。根据推测，摩根船长和他的亲信把相当一部分战利品藏了起来，就埋在这个无名小岛的某个地方。

离开无名小岛之后，临时组成的海盗舰队就解散了，海盗船长带着各自的战利品回到自己的巢穴，摩根船长选择回到他们出发的地方——牙买加的皇家港。

从他们踏上归途开始，海盗船上就开始了一场喧闹的狂欢。海盗们大口大口地喝着朗姆酒，疯狂地叫着跳着，用这种方式来庆祝这次近乎传奇的伟大胜利。“摩根船长！摩根船长！”的呼声响彻云霄。一名海盗在战斗中失去了一只右耳，现在头上还包着凌乱的绷带，不过这并不影响他兴高采烈地痛饮朗姆酒，把手中的酒一饮而尽之后，他挥舞着空酒瓶对旁边的人说：“我恨不得现在就回到皇家港，去把酒馆里所有的酒都买下来，然后再叫上所有漂亮小妞来一起喝个酩酊大醉！”

在回皇家港的路上，海盗们也没有忘记他们的“工作”，一路上把他们遇到的每一条没有悬挂英国旗帜的船抢劫一空，这耽误了一点时间，不过使得他们的战利品又丰富了不少。

当摩根船长率领他的手下乘坐“幸运星”号出现在皇家港港口的时候，港口上已经挤满了来迎接他们的人群，岸上的人们发出一阵阵兴奋的欢呼，把鲜花、酒瓶、帽子和其他乱七

八糟的东西抛向半空。

在摩根船长的船停稳之前，我们有必要先来介绍一下皇家港的概况。

皇家港位于牙买加岛的东南部，由最早来到这里的英国殖民者建立。由于当时加勒比海域大部分的岛屿都在西班牙人的控制之下，所以皇家港对英国人来说就非常珍贵了。为了保护这个港口，英国人在港口附近修筑了要塞，并且在港口内驻扎了一支舰队。相对于当时的海上霸主西班牙来说，英国海军的力量还很弱小，根本无法与之正面抗衡。为了打击西班牙人在加勒比海的势力，英国人对那些从英国来新大陆淘金的海盗采取了包庇甚至是纵容的态度，所以没过多久，皇家港就成了整个加勒比地区最大的海盗港口，来自各个国家——甚至来自西班牙的海盗都在这里停泊补给，他们带来了从西班牙或者其他国家船队那里抢来的金银珠宝和其他货物。

如同腐肉吸引苍蝇一样，海盗们带来的廉价的赃物吸引着世界各地的走私商聚集到皇家港，这里在很短时间内就成了加勒比地区最大的港口之一，也成了加勒比地区“海盗贸易”的中心。在这种黑暗交易的推动下，这里成了一片堕落的乐土。朗姆酒在每一条街道上流淌，有不少人都因为饮酒过度倒在街边再也没有起来；来自世界各地的妓女游荡在大街小巷，轻笑着让海盗们和他们口袋里的钱说“拜拜”；斗殴在这里几乎是家常便饭，谋杀也已经让所有人都习以为常……因为这样，当时有人称皇家港为“地球上最邪恶的城市”。

可能是上帝也对这座城市的堕落感到愤怒，到了1692年，一场大地震把皇家港市区的三分之二抛进了海里，幸存的建筑也发生了严重的火灾，英国人无法忘记以前繁华的皇家港口，决定在原址上重建城市，但是在1703年，重建后的皇家港再次被熊熊烈火吞噬了。当地的居民不得不迁徙到港湾的另一侧重新建立城市，这就是现在的金斯顿。

摩根船长凯旋归来的时候正是皇家港最繁华的时期，那些从欧洲或者其他地方来这里淘金的冒

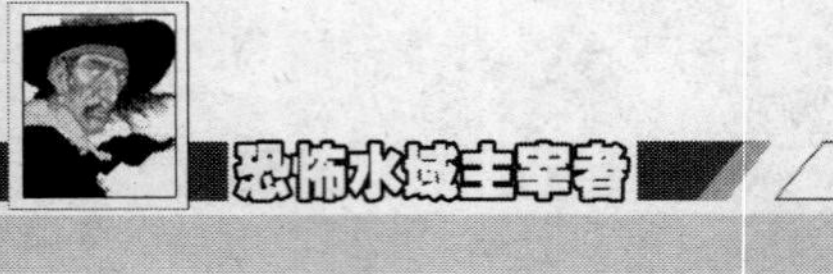

险者都聚集在港口，希望能看一眼这位率领海盗攻陷西班牙人城市的英雄。

“幸运星”号缓缓驶入港口，停了下来。水手们忙碌地放下舷梯，然后挺直地站在两旁，就像是真正的士兵所作的那样。接着，摩根船长就出现了。

这位年轻的船长高昂着头，看起来是那么威严和骄傲。他的衣服上镶了好多的金丝边，腰间挂着一把镶银的西班牙剑，身上背着一条非常漂亮的天鹅绒背带，上面还挂着三枝镶银的手枪。毫无疑问，这些华丽的衣服和装饰品都是从卡马圭的西班牙人那里抢来的，这更加增添了这位海盗船长的英雄气概。

港口上的人群兴奋地涌动着，“摩根船长！”“摩根！”“英雄！”的呼声此起彼伏，夹杂着女性热情的尖叫声。

对于这一切，摩根船长根本没有放在眼里，他就像一个真正的胜利者那样从容地接受了这一切。

当摩根船长走下舷梯之后，一个人好不容易从人群中挤出来，气喘吁吁地对摩根船长说：“摩根船长，莫

蒂福德总督希望你能够去见他。”

虽然在一片嘈杂中，摩根船长仍然清楚地听到了这句话，他停下脚步，侧头问这名信使：“什么时候？”

“现在。”信使做了一个“请”的手势，“总督正在等您，请跟我来。”

当时的皇家港没有砖石结构的房子，大多数建筑都是用这里随处可以找到的木板搭建成的，莫蒂福德总督的总督府也是如此。

当摩根船长进去的时候，托马斯·莫蒂福德总督正坐在阳台阴凉处的一张舒适的大椅子上等着他。此时的莫蒂福德总督只穿了衬衫、马裤和长袜，脚上穿着一双拖鞋，看起来和皇家港随处可见的商人并没有什么不同。他的手中夹着一支粗大的雪茄，旁边桌子上还放了一杯掺了水和朗姆酒的酸橙汁，在这个凉风习习的阳台上看起来非常惬意。

听到摩根船长进来，莫蒂福德总督站起来向他伸出手，非常高兴地说：“欢迎我们的英雄凯旋归来！”

摩根船长和莫蒂福德总督握了握手，谦逊地说：“我只是为祖国做了我应该做的事情而已。”刚才摩根船长心中还有些忐忑，因为他毕竟是违抗了莫蒂福德总督的命令，没有去攻击库拉索岛。虽然他很清楚对于这位英国总督来说，只要能打击西班牙人的势力并且带回大堆的宝物来就足够了，但是直到现在摩根船长才完全放下心来。

摩根船长挥了挥手，两名水手抬着一个小箱子走了进来，把箱子放在地上就退了出去。

“这是一点小礼物，我个人送给总督阁下的。”摩根船长说着打开了箱子，里面装满了耀眼的黄金和宝石，即使是见多识广的莫蒂福德总督也惊讶地瞪大了眼睛。

莫蒂福德总督满意地点了点头，说：“很好。”接着收起笑容，严肃地对摩根船长说：“我叫你到这里来，是想让你帮我一个忙。”

摩根船长略一欠身，说：“很乐意为您效劳。”

“你知道西蒙先生的事吗？”

摩根船长想了想，说：“圣加达利纳岛的总督西蒙先生？”

莫蒂福德总督点点头：“没错，就是他。”

圣加达利纳岛原本是西班牙的殖民地，后来被海盗们占领了。海盗们在那里建立了基地，劫掠经过附近海域的西班牙商船。其中一位海盗船长西蒙先生被推举为圣加达利纳岛的总督，并且后来得到了来自英国政府的正式任命。后来西班牙人对海盗们肆无忌惮的劫掠终于忍无可忍，调集大军前往圣加达利纳岛镇压海盗。经过激烈的战斗，西班牙人夺回了圣加达利纳岛，并且将西蒙总督一家都俘虏了。

摩根船长问：“你希望我做些什么？”

“西蒙先生是我的朋友，我不会让那些野蛮的西班牙人把他带回西班牙受审的。”莫蒂福德总督的声音很坚定，“所以，我希望你能帮我把他救出来。”

摩根船长点点头表示同意，然后问：“那么，他在哪里？”

“根据我得到的情报，押送西蒙先生一家去西班牙的舰队正停靠在贝略港，正在等待适合航行的季风。这支舰队的指挥官是一名西班牙中将，他的名字是约翰·法亚洛里，西蒙先生和他的家人就在法亚洛里中将的旗舰‘海上君主’号上。”

贝略港的全称是“波尔图·贝略”，在西班牙语中的意思是“美丽之港”。1502 年哥伦布航行到此，看到这里的港湾风景迷人，所以将其命名为“美丽之港”，后来建城时沿

用了这个名字。1600年后，贝略港逐渐取代东边的诺姆布雷·德·迪奥斯港，成为纵连巴拿马地峡陆路的起点所在，是一个非常重要的贸易集中地和货物转运港。此时的贝略港是西班牙在加勒比地区防御力排名第三的大港口，而且现在那里还驻扎着一支西班牙舰队，想要冲进海港登上西班牙舰队的旗舰救人毫无疑问是一项自杀行动。如果换了别人，也许会因为恐惧而拒绝这项任务，不过摩根船长不会。

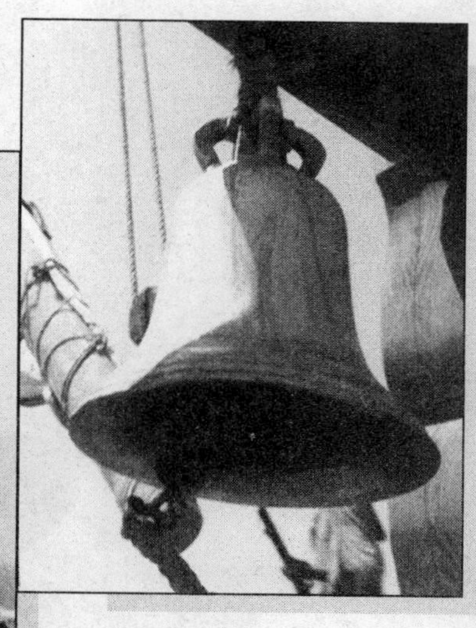

短暂地思索了几秒钟之后，摩根船长点了点头，说："没问题，我会去把西蒙先生救出来。"

对于摩根船长的勇敢，莫蒂福德总督非常赞赏，他许诺说如果摩根船长能够救回西蒙先生，就以殖民地总督的名义授予他少校军衔。这在当时是一种普遍的做法，各个国家的殖民地政府都给那些纵横海上的海盗们授衔，以表彰他们在打击敌国势力的行动中建立的"卓著功勋"。这种授勋只是一种形式，既没有实权更没人给发军饷，不过海盗们还是把它看做一种值得夸耀的荣誉。

4 营救行动

从总督府离开之后，摩根船长就开始考虑这次“几乎不可能完成”的营救计划。现在要召集足够强攻贝略港的人手显然是来不及了，而且就算打下贝略港，也不一定能够活着救出西蒙先生，所以必须想个别的办法。

当天下午，摩根船长回到“幸运星”号上，向他的船员们宣布假期取消了，他们要去做一笔“大买卖”。虽然船上的海盗们对港口的朗姆酒还依依不舍，不过船长的命令和对金钱的渴望让他们没有半点犹豫，立刻升帆起航了。

以现在一艘海盗船、不到两百人的队伍强攻贝略港的西班牙舰队显然是不可能的，摩根船长有了一个非常大胆的计划。

第二天傍晚，“幸运星”号来到了圣布拉索湾海角附近，这里距离贝略港只有大约二十海里，附近完全没有人居住，更没有西班牙舰队巡逻，是个非常安全的停泊地。摩根船长命令水手们下锚，然后把所有人集中到甲板上。

直到这时，摩根船长才向所有人宣布了他们这次冒险的目的——营救圣加达利纳岛的总督西蒙先生。摩根船长的计划是在夜色的掩护下乘坐一艘小艇混进港口，然后寻找机会对法亚洛里中将的旗舰进行一次突袭。他承认这是一个风险很高的行动，很容易全军覆没，不过一旦成功就能得到巨大的荣耀，很可能还有一大笔财富。为了增加船员们的勇气，摩根船长向所有人许诺，如果海盗们能够活着回来，参加行动的人除了可以分到从西班牙人那里抢来的财富，他个人还将拿出一笔钱分给这些勇士作为奖励。

听完摩根船长的话之后，海盗们都没有说话，船上一时陷

入了沉默。虽然摩根船长的承诺很诱人，不过这次行动实在太危险，几乎和自杀没有什么区别，就算是再疯狂的海盗也需要慎重地考虑一下。

这时一个人站了出来，走到摩根船长面前说："我跟你去。"他是"幸运星"号上的船医，名叫赛特·巴特洛克。他比摩根船长还要年轻几岁，曾经在伦敦受过正规的医学教育，因为向往冒险的生活才来到加勒比海，不久之前才加入海盗队伍。

摩根船长拍了拍赛特的肩膀，说："你，是最勇敢的海盗！"他的声音有些发颤，即使是这位视生死为儿戏的海盗船长，此时也有些激动。

“还有我！”“也算我一个！”也许是看到有人带头，原本犹豫不决的海盗们纷纷自告奋勇，最后全船五十多名海盗中只有不到十个人仍然表示自己不打算参加这次的行动。不过这些人的态度已经无关紧要了，一艘小艇只能乘坐二十个人，所以摩根船长必须从那群斗志昂扬的“志愿者”里挑选出他需要的人手来。

最终，摩根船长挑选了二十个最优秀的手下，其中当然包括那名勇敢的船医——赛特·巴特洛克。

摩根船长对留在“幸运星”号上的大副说，如果三天之后他还没有凯旋归来，就说明这次冒险已经失败了，大副就要把这条海盗船开回皇家港，如果在那里等待两个月之后还没有消息，大副就可以把自己任命为这条船的船长了。这种近乎遗言的交待说明摩根船长自己对于这次行动的成功也没有太大的把握，不过这位海盗船长的眼神里仍然没有任何畏惧 。

准备妥当之后，摩根船长率领着二十个胆大包天的手下登上小艇，在夜色的掩护下向贝略港的方向驶去。

大概三个小时之后，贝略港的火光出现在海盗们的视线里，他们能够看到停泊在港口里的西班牙军舰上的灯光。很快，摩根船长就找到了他们的目标——约翰·法亚洛里中将的“海上君主”号，这是一艘体型庞大的西班牙三桅战舰，装备了足有一百门炮，停泊在那里就像是一座静止的小山，它和大多数西班牙制造的战舰一样，船体庞大、火力强横却缺乏灵活性。在“海上君主”号旁边不远的地方停泊着另外三艘体型较小的西班牙战舰。

无论是哪一艘战舰，此时只要向摩根船长他们乘坐的小船开一炮，这位海盗船长的传说就要到此为止了。不过这种事情当然没有发生，在夜色的掩护下，摩根船长和他手下的海盗安全地进入了贝略港。

这时摩根船长回头对船医巴特洛克说：“等会儿我一说‘干’，你就在船底凿五个……不，六个窟窿，明白吗？”

所有人都不知道摩根船长要干什么，不过巴特洛克还是毫不犹豫地回答：“是！”其他人不敢对船长的命令提出异议，只能继续低头划船。

进入贝略港之后不久，摩根船长就低声喊道：“干！”巴特洛克没有任何犹豫，立刻拿起凿子在船底上凿了六个窟窿，海水马上就涌了上来。

摩根船长低声对所有人说：“向‘海上君主’号划过去，快，船就要沉了！”

大多数海盗脸上都带着恐惧的表情，此时他们已经没有退路了，要么登上“海上君主”号，要么和这条漏水的小船一起沉入海底，即使如此，海盗们仍然对他们的船长没有任何的抱怨。对死亡的恐惧让每个桨手都使出吃奶的力气，拼命将小船向西班牙战舰驶过去。冰冷的海水不停地从破洞里涌进来，大家的脚很快都浸在水里了，这种濒临死亡的感觉让海盗们几乎要发疯，相比之下西班牙人的火枪和刀剑根本没什么可怕的 。

当小船来到“海上君主”号旁边的时候，船舱里已经有一半水了，海盗们的半截小腿都浸在水里。

一名在“海上君主”号甲板上巡逻的哨兵发现了摩根船长的小船，问他们是干什么的。摩根船长用西班牙语回答说他有一封紧急信件要交给法亚洛里中将，赶来的路上碰到了暗礁，现在船就要沉了。

卫兵看到小船里已经灌满了水，随时可能会沉没，急忙放下绳梯让摩根船长他们登船。摩根船长第一个登上绳梯，飞快地爬了上去，跳到“海上君主”号的甲板上。当那名卫兵在灯光下刚看清楚摩根船长手中的短枪和弯刀的时候，那把弯刀已经架在他的脖子上了。

很快，所有海盗都顺着绳梯登上了“海上君主”号的甲板，此时他们乘坐的小船已经完全沉到海水下边看不见了。

摩根船长命令几名海盗去占领武器库，另外一部分海盗去控制船舱里正在熟睡的西班牙水兵，自己则带着巴特洛克和另外一名海盗冲向了船长室。

令人失望的是，法亚洛里中将并没有在船长室里，那里只有一名正在打瞌睡的侍从。得知自己面前的人是海盗之后，惊醒的侍从几乎被吓傻了。在摩根船长的一再逼问下，他才说出

法亚洛里中将正在离船长室不远的大客厅里与西蒙先生和他的家人玩牌。

摩根船长带领两名手下冲进大客厅里的时候，看到桌子周围坐着五个人，其中两个穿着西班牙海军的军服，另外三个分别是西蒙先生与他的妻子和女儿。看得出来，西蒙先生在这条船上得到的待遇还算不错。

这些突如其来的闯入者让客厅里的所有人大吃一惊，还没等那两个西班牙人反应过来，摩根船长的手枪就已经顶在那名看起来军衔比较高的军官胸前，他面目狰狞地看着对方，恶狠狠地说："如果你敢动一下，或者发出任何声音，我就在你的胸前开一个大窟窿。"与此同时，巴特洛克也用枪顶在另外那名西班牙军官脑袋上。

西蒙先生和那两个女人都被这突如其来的变故惊呆了，几秒钟之后，西蒙先生的女儿突然惊叫起来，在她旁边的西蒙先生立刻伸手按住了她的嘴巴，厉声命令她安静下来，因为他已经发现了这些闯入者是来营救自己的朋友。

这时又有几名海盗冲了进来，飞快地把那两名西班牙人捆了起来，还从他们那身华丽的军服上撕下两块布塞进他们的嘴里。

摩根船长满意地笑着点了点头，把短枪插回枪套里，然后像一位绅士那样对西蒙先生介绍了自己，他称自己为“莫蒂福德总督的朋友”。西蒙先生也介绍了自己，并且向摩根船长引荐了自己的妻子和女儿，最后还介绍了那位被绑得严严实实扔在地上的法亚洛里中将和他的副官。

接下来，摩根船长的这次冒险进入了最后也是最危险的阶段——离开贝略港。摩根船长让西蒙先生和他的妻女待在安全的船舱里，同时看管着被绑得严严实实的法亚洛里中将和他的副官，然后带领其他海盗回到了甲板上。

此时海盗们已经控制了整条船，因为大部分水兵都到岸上休假去了，留在船上的只有不到五十人，此时这些人都被从船舱里揪了出来，衣衫不整地抱着头蹲在甲板上瑟瑟发抖，好像一群无助的羔羊。

在摩根船长的命令下，海盗们逼着俘虏起锚升帆，把这条体型巨大的“海上君主”号向贝略港外驶去。

直到这时，周围的三艘西班牙战舰仍然对旗舰上发生的一切毫不知情，有一艘战舰向“海上君主”号发出信号，询问它为什么要离开港口。就在这时，一名瞭望手发现了旗舰上的异样，仔细观察了几分钟之后，他终于意识到“海上君主”

号已经被海盗占领了，立刻大喊起来：“是海盗！海盗占领了‘海上君主’号！”

短暂的惊愕过后，三艘西班牙战舰立刻行动起来，距离“海上君主”号最近的那条单桅轻型帆船开始加速行驶，希望能赶到前面拦住被海盗占领的旗舰。与此同时，另外一艘西班牙战舰用舰首炮向“海上君主”号开了一炮，炮弹准确地落在船头上，在甲板上开了个大洞。

幸运的是，那三艘西班牙战舰根本没有预料到会发生现在的情况，所以绝大多数大炮都没有装填火药和炮弹，这给海盗们赢得了不少的时间，“海上君主”号的帆吃满了风，加速向港口外驶去。不久之后，西班牙人的炮火渐渐猛烈起来，呼啸的炮弹不时击中“海上君主”号巨大的船体，带来一阵阵剧烈的晃动。

此时的摩根船长表现出了超乎常人的冷静和勇气，他就这样站在炮火纷飞的甲板上，眼睛盯着前方的海边，甚至还点燃了一支烟斗。

在摩根船长的指挥下，“海上君主”号虽然被十几发炮弹击中，不过还是逃离了贝略港进入了开阔的海域，直到此时贝略港的炮台才反应过来，开始向“海上君主”号开炮，不过已经超出他们的射程了。

在夜色的掩护下，摩根船长率领海盗们驾驶“海上君主”号摆脱了西班牙战舰的追踪，然后向圣布拉索湾的方向驶去。

可以想象，当“幸运星”号上的海盗看到一艘庞大的西班牙战舰向他们驶来的时候会是多么慌乱，不过他们很快就看到那艘西班牙战舰的主桅杆上悬挂的英国国旗，立刻就明白他们的船长不但真的成功了，还抢来了一艘西班牙战舰，这让所有人都欣喜若狂。

令海盗们欣喜的不光是成功救出了西蒙先生一家。清点战利品的时候，摩根船长和他的手下在“海上君主”的船舱里找到了价值数万英镑的金币和珠宝，这些宝物都是准备献给西班牙国王陛下的，现在却落入了摩根船长的手里。

就像摩根船长承诺的那样，他给每一个参加了这次营救行动

的勇士发了一大笔钱作为奖励，这让在“幸运星”号上等待的人懊悔自己当时为什么没有尽力争取参加行动。

对于法亚洛里中将和其他的西班牙俘虏，由于西蒙先生的建议，摩根船长并没有为难他们，而是给了他们一条小艇，让他们自己划船登岸去了。

当摩根船长他们带着体型庞大的“海上君主”号回到皇家港的时候，整个城市都沸腾了。莫蒂福德总督亲自到港口来迎接摩根船长和西蒙先生，并且称呼摩根船长为“国家的英雄”。

这次伟大的冒险让摩根船长声名鹊起，他的胆大妄为和冷静果断让所有人都印象深刻。不久之后，莫蒂福德总督按照约定授予了摩根船长少校军衔。从此以后，摩根船长就成了“名义上的”英国海军军官。

5 海盗之王

成功地从西班牙人手中救出西蒙一家之后，摩根船长就和莫蒂福德总督建立了深厚的友谊。莫蒂福德总督给摩根船长颁发了英国政府的“私掠许可证”，授权他掠夺帝国的船只，这样一来摩根船长的海盗行为在英国法律意义上就是“合法”的了。

为了回报总督的“知遇之恩”，更是为了聚敛更多的财富，摩根船长开始疯狂地抢劫西班牙船只。因为摩根船长在打击西班牙人势力方面的“功勋卓著”，莫蒂福德总督不断授予他更高的军衔，到了1668年，摩根船长已经是一名英国海军中将了。

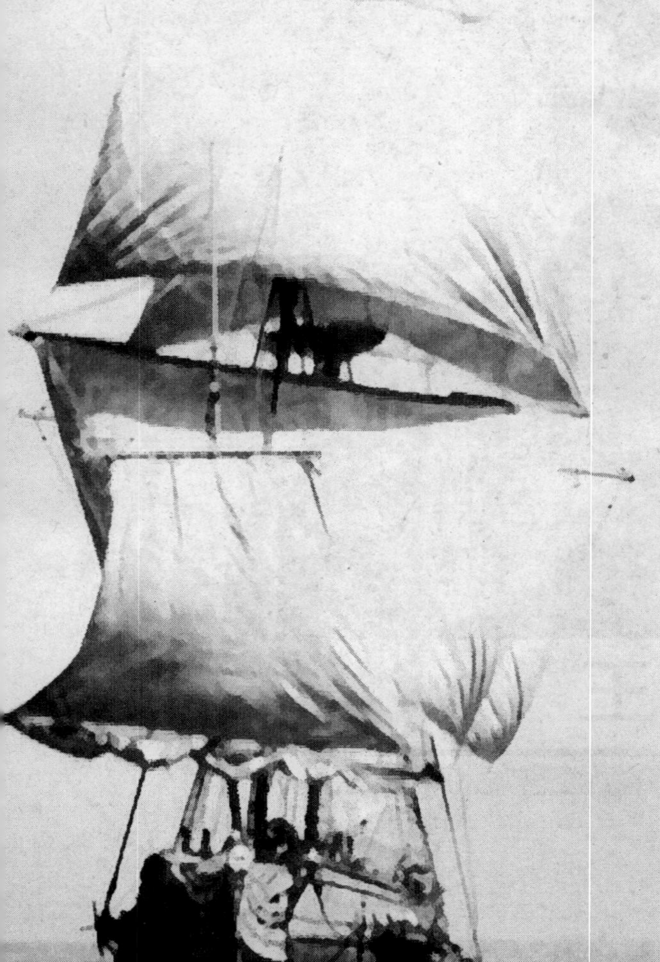

在一次对西班牙商船的“打击”行动结束之后，摩根船长率领他的舰队回到了皇家港。这次的收获只有一些蔗糖、生牛皮和几筐南瓜，这让摩根船长非常不满。事实上，由于摩根船长和其他海盗的“不懈努力”，此时西班牙在加勒比海的贸易几乎处于停滞状态，海盗们

的收获也大大减少了。对于这种不景气的情况，摩根船长意识到必须有所改变了。既然从船上捞不到多少油水，就直接去抢那些富庶的西班牙殖民地就好了。

就在摩根船长考虑哪个西班牙殖民地比较容易下手的时候，一名信使来到了摩根船长的船上，将一封信交给他。

摩根船长拆开信封，里面是一张简陋的请柬，上面写着邀请摩根船长在第二天下午去皇家港最大的酒馆“跳舞的酒壶”。请柬上并没有写去那里要做什么，也没有署名，只是在最后画了一个弯刀形的标记。摩根船长认识这个标记，它属于加勒比海上的“海盗之王”曼斯菲尔德船长。这位曼斯菲尔德船长以公正和威严在海盗中闻名，他并不是最强大善战的海盗，也不是拥有最多财富的海盗，不过他在加勒比海的海盗当中却拥有崇高的威望，海盗们之间的摩擦都会找他进行调停，他也总会给出一个令人满意的答复。

不过摩根船长从来没有和曼斯菲尔德船长打过交道，这个邀请让他感到有些莫名其妙，不过摩根船长还是决定第二天去那里看看。

“跳舞的酒壶”位于皇家港的中心位置，以出售加勒比地区最烈的朗姆酒而闻名，从早到晚都挤满了快要喝醉或者已经

喝醉的人们。不过当摩根船长带着一小队随从来到这里的时候，却发现这个平时总是人满为患的酒馆显得有些冷清。一群面貌凶恶身材魁梧的壮汉守在酒馆门口，把所有人阻挡在酒馆的大门外。

不过当他们看到摩根船长的时候，这些人的态度立刻转了一百八十度，热情地把摩根船长和他的随从请了进去。

进门之后，摩根船长看到原本非常拥挤的酒馆大厅几乎被清空了，只剩下正中央摆着的一张大圆桌。圆桌周围摆着十几把椅子，有些椅子上已经有人坐在那里，其中有几个是摩根船长认识的，他们都是在加勒比地区颇有威望的海盗船长。在这些人背后都站着或多或少的一群人，看起来是这些海盗船长的随从。

看清楚酒馆里的形势之后，摩根船长挑了个地方坐下来。看起来，这是一次“海盗会议”，不过摩根船长还不知道这些同行们到底打算干什么。

接下来陆续有人从酒馆大门走进来，为首的都是名震一方的海盗船长。不久之后，圆桌周围的椅子就几乎坐满了，整个大厅也几乎都站满了海盗船长们带来的随从。挤满了人的大厅里没有人说话，气氛显得非常压抑。

忍耐了一段时间之后，其中一位脾气急躁的海盗船长终于忍不住猛地拍了一下桌子，大吼起来：“曼斯菲尔德船长到底叫我来这里干什么？他再不出来我就要走了！”

“很抱歉，曼斯菲尔德船长没法来了。”随着这个声音，一名身材高大的黑人从里面走出来，他的左臂被从肩膀处砍断了，身上绑满了血迹斑斑的绷带，脸上有一道长长的伤口刚刚结痂。看起来他在不久之前才经历了一场恶战，好不容易才死里逃生。

一位海盗船长忽然大叫起来“你是曼斯菲尔德船长的大副福莱迪！你怎么弄成这个样子，曼斯菲尔德船长呢？”

“曼斯菲尔德船长已经死了。”说出这句话的时候，福莱迪悲伤地低下了头，“就在十天之前。”接着，福莱迪向在场的海盗船长们讲述了事情的经过。

不久之前，曼斯菲尔德船长的海盗舰队在古巴北部的海域发现了一支西班牙商船队伍的踪迹。在接下来的两天里，曼斯菲尔德船长率领手下的海盗们一路追踪这支船队来到巴拿马的贝略港附近，眼睁睁地看着它们进入了港口，曼斯菲尔德船长只好无可奈何地下令撤退。就在这时，一只西班牙舰队出现在海盗船的后方堵住了他们撤退的道路，然后开始发动猛烈的炮击，同时贝略港岸上要塞的大炮也发出震耳欲聋的怒吼。在两

个方向火力的夹击下，曼斯菲尔德船长的海盗舰队很快就逐一沉没了，曼斯菲尔德船长本人被甲板上飞起来的一块碎木片割断了喉咙当场毙命，接着他的大副福莱迪被炮弹掀起的气浪扔进了海里，随即晕了过去，醒来之后发现自己躺在距离贝略港数里外的海滩上。后来福莱迪打听到西班牙人俘虏了曼斯菲尔德船长的旗舰，他们找到了曼斯菲尔德船长的尸体，然后把这位海盗船长的脑袋砍了下来，悬挂在贝略港西边要塞的高墙上。

“这都是西班牙人的阴谋！”最后，福莱迪激动地说，“我们一定要为曼斯菲尔德船长报仇！”

听完福莱迪的话，在场的海盗船长都陷入了沉思。海盗们过的本来就是朝不保夕的日子，被海军或者其他什么人干掉只能自认倒霉，所以海盗很少会刻意去给死去的同伴报仇。不过现在死去的是曼斯菲尔德船长，加勒比地区的“海盗之王”，事情就变得有些微妙了。虽然“海盗之王”并不能直接命令其他海盗去做什么，但他拥有的巨大影响力却是毋庸置疑的，现在这个位子空了出来，对于海盗船长们来说，要说一点不动心是不可能的。

这个场面是福莱迪早就预料到的，他接着说：“我提议，如果谁能为曼斯菲尔德船长报仇，我们就推举他为加勒比海新的‘海盗之王’！”经过一番激烈的争论之后，他的这个提议得到了大多数海盗船长的支持，在以“民主”著称的海盗世界里，这就意味着已经通过了。

提议被通过之后，大多数海盗船长都很清楚自己肯定无法成为“海盗之王”了。所有人都知道贝略港的防御力非常强大，在西班牙殖民地中排名第三，海盗船就连靠近那里都很困难，更别说占领港口了。

这时所有人的目光都集中在摩根船长身上。摩根船长那次大胆的营救行动已经成了一个传奇，

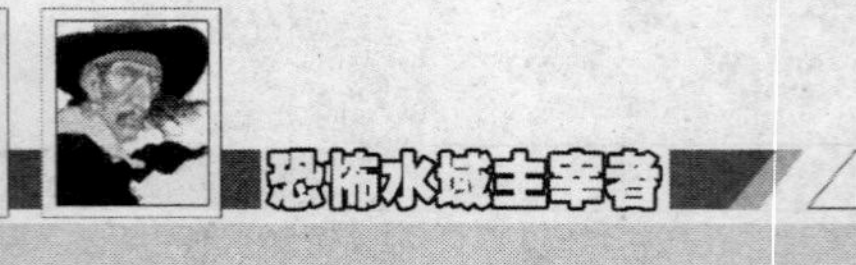

在海盗中间广为流传，他率领二十个海盗乘坐小艇冲进贝略港俘虏了一艘西班牙战舰，这在海盗历史上都是绝无仅有的壮举。大多数人都承认，如果有海盗能够攻占贝略港，那一定非亨利·摩根船长莫数。

在众人的注视下，摩根船长从容地点燃了烟斗吸了一口，他的眼睛像狼一样在烟雾中闪闪发光。“贝略港是吗……”摩根船长低声自言自语，“这倒是一个不错的目标……好吧。”他好像下定了决心，把烟斗在桌子上磕了磕，然后站起来走到福莱迪旁边，对他说：“我承诺会占领贝略港，然后把那些杀害曼斯菲尔德船长的西班牙人送进地狱。”在座的海盗们发出一阵赞叹的声音，没有任何人会认为他做不到，因为他是摩根船长。

福莱迪感激地看着摩根船长，激动得说不出话来。

摩根船长转过身，对在座的海盗船长们说：“有人愿意跟随我去贝略港狩猎吗？”

海盗们发出一阵欢呼，摩根船长充满自信的态度让他们也充满了信心，所有人都表示愿意追随摩根船长。

“很好。”摩根船长满意地点了点头，“明天早上，带上你们的船和水手，我在皇家港外等你们。”说完，摩根船长拍了拍福莱迪的肩膀，转身走出了酒馆。在其他海盗眼中，此时的摩根船长已经是他们真正的“海盗之王”了。

⑥ 血洗贝略港

第二天一早，摩根船长命令水手升帆起航，向皇家港外驶去。此时他很想知道，到底有多少海盗船长会来参加这次进攻贝略港的行动。

皇家港外的情形让摩根船长也吃了一惊，十多艘海盗船竟然一字排开停泊在海面上，比摩根船长最乐观的估计还要多。这些船有大有小，最大的海盗船由一条远洋航行用的大型三桅帆船改造而成，最小的海盗船是一条能乘坐二十个人的单桅船，不过毫无疑问这些海盗船和它们的船员都是准备追随摩根船长去进攻贝略港的。

经过简单的统计，摩根船长发现他手中这支“海盗舰队”竟然有十五艘战船和九百多名狂热的海盗，这比一个真正的海军中将所能指挥的舰队还要庞大。虽然海盗们没有经过系统的训练，不过他们都是嗜血成性的亡命徒，对金钱的疯狂渴望足以使他们成为难以抵挡的战士。

现在，摩根船长就要带领这支舰队去进攻贝略港了。

在前往贝略港的路上，摩根船长的舰队俘获了一艘西班牙

商船。这艘的倒霉商船看到浩浩荡荡的海盗舰队时还以为是某个大商队的舰队，主动靠上来希望能够同行，直到那些凶神恶

煞的海盗跳上船来，那个可怜的船长才明白是怎么回事。

被俘获的商船上只有一些不值钱的生牛皮和几袋蔗糖，这让海盗们非常失望，不过他们接着就从商船船长那里得到了一个重要的消息：不久之前，驻守在贝略港的西班牙舰队接到命令，离开贝略港回欧洲去了。这个消息让海盗们非常兴奋，立刻把这个商船船长送到摩根船长的船上。

在会客厅里，摩根船长详细盘问了这个俘虏关于贝略港的情况，他对得到的情报很满意，所以并没有为难那位被俘的西班牙船长，甚至留他在自己的船上共进晚餐，并且承诺当舰队抵达贝略港的时候就会把他和他的船释放，作为交换，西班牙船长要帮他带一个消息给贝略港的人们。对于这个建议，西班牙船长非常高兴地答应了。

第三天早上，摩根船长的舰队抵达了贝略港附近的海域，他命令舰队一字排开，封锁了贝略港的出入口，然后释放了西班牙船长和他的船，让他去告诉贝略港的人们：要么投降，要么被消灭。如果他们打算投降的话，就在第二天天亮之前在港口的旗杆上升起一面白旗。

可想而知，当贝略港的人们看到港口外那支飘扬着英国国旗和其他五花八门的旗帜的舰队时是多么恐慌，当那位西班牙船长带来摩根船长的消息之后，恐惧就像是瘟疫一样在城里蔓延开来，有些人已经开始打算向海盗投降了。

不过贝略港防御部队的指挥官基斯特·卡洛斯少校却坚决拒绝向那些贪婪的英国海盗投降。卡洛斯少校是一名真正的军人，勇敢而且坚强，绝不向邪恶妥协。他充满自信地对贝略港的市民们说，只要有那两座要塞存在，海盗船就别想进入贝略港一码。用不了多久，那些海盗就会连船上的老鼠都吃个精光，到时候他们就不得不撤退了。卡洛斯少校的话让贝略港的人们看到了希望，最终他们决定不向摩根船长投降。

第二天清晨，摩根船长登上甲板，拿起望远镜向贝略港的方向望去。虽然海面上有一层淡淡的雾气，不过还是能看到一面西班牙国旗正在港口旗杆上高傲地飘扬着。

摩根船长的嘴角露出一个残忍的微笑，自言自语说："很好，看来这些顽固的家伙是不打算投降了。"他放下望远镜，转过身大声下达命令："发出信号，准备进攻！"

正如卡洛斯少校所说的，贝略港的港口两侧各有一座要塞，每座要塞都由一百多名训练有素的西班牙士兵驻守，装备着十门重型加农炮，两座要塞形成的强大交叉火力足以把任何打算强行进入港口的海盗船送到海底去。

当天白天，海盗舰队进行了几次试探性的攻击，都很快就被要塞的炮火轻易击退了。海盗船上装备的大炮射程要比要塞里的重型加农炮近得多，根本无法对要塞构成任何威胁。看到这种情况，贝略港的居民们悬着的心终于放了下来。

第三天，哨兵向卡洛斯少校报告说港口外的海盗船少了几艘。卡洛斯少校认为这是个好兆头，说明海盗们的联盟已经开始分崩离析，用不了多久他们就会全部夹着尾巴逃走了。不过事实远没有他估计的这么乐观。

摩根船长曾经亲自体验过贝略港防御要塞的炮火，他从一

开始就很清楚从正面进攻是不可能的，得知贝略港的居民拒绝投降之后，他命令舰队只是进行佯攻。当天晚上，摩根船长命令每条海盗船只留下能够维持航行的最低限度的船员，其他人都乘坐小艇登上三艘最小的海盗船，接着，这三艘塞满了海盗的海盗船调转船头向北驶去，很快就抵达了圣布拉索湾。摩根船长命令海盗们在这里登岸，然后率领这支由五百多名海盗组成的队伍向贝略港的方向进发。

按照摩根船长的计划，他们应该很快能够到达贝略港附近，然后在夜色的掩护下从后面对贝略港的要塞发起致命的攻击。不过摩根显然是低估了黑夜中在茂密的热带雨林里行军的难度，海盗们在漆黑一团的丛林里就像是一群没头苍蝇一样四处乱闯，根本无法沿着直线行进，更别说找到贝略港的方向了。就在摩根船长快要发狂的时候，有一名海盗赶来报告说前方发现了一座建筑物。

海盗们发现的建筑物是一座西班牙天主教教会修建的修道院。为了能够远离尘世潜心修行，修道院一般都建在距离城市很远的地方，眼前这座修道院就是在远离贝略港的雨林里。

这座修道院的发现让摩根船长松了一口气，他命令海盗们立刻去占领修道院。为了能够有一个可以安心睡觉的地方，这些早已被雨林的夜晚折磨得精疲力尽的海盗们勉强打起精神，挥舞着武器冲进了修道院的大门。

对于修道院的占领并没有遇到任何麻烦，那些修士和修女完全被张牙舞爪的海盗们吓呆了，只会不停地划着十字对圣母祈祷，根本没有进行任何反抗。海盗们把整个修道院翻了个底朝天，找到了不少金银制成的圣像，也算是一点意外的收获。

摩根船长下令把修士和修女关在一间大屋里，然后让海盗们在这座修道院里休息。这些野蛮的海盗在修道院里大吵大闹喝酒赌博，把这个原本圣洁的地方亵渎得不成样子。

天亮之后，摩根船长下令把所有人都叫起来，他凭借指南针和阳光的角度找准了贝略港所在的方向，率领海盗们离开修道院继续前进。在雨林里穿行了四个多小时之后，贝略港北方的防御要塞出现在海盗们眼前。

为了防备来自后方的攻击，防御要塞后面设有三道防线：一百码宽的隔离地带，底部布满尖利木桩的壕沟以及要塞自身高大的围墙。

由于摩根船长命令留在船上的海盗不时地向贝略港发动佯攻，所以要塞里西班牙人的注意力都被吸引到海湾的方向上去了，根本没有觉察到海盗们已经绕到了自己的身后。

摩根船长命令海盗们砍伐树木制成一些简陋的梯子，再把上衣脱下来包上一大堆泥土，然后潜伏在森林的边缘等待进攻的机会。

经过漫长的等待，夜幕终于降临，进攻的时机到了。

在夜幕的掩护下，海盗们按照摩根船长的命令穿过隔离地带，把一包又一包的泥土倒进要塞后面的壕沟，没过多久就把一段壕沟填平了。接着他们悄无声息地举着梯子踏过被填平的壕沟，来到要塞的高墙下面，把梯子靠在墙上，然后顺着梯子向墙头爬上去。

如果一切顺利的话，摩根船长和他的海盗应该能够悄无声息地潜进去，然后发动突袭占领这座要塞，不过一个意外让摩根船长的计划破产了。

海盗们制造的梯子实在太过粗糙了，其中一架在两名海盗一同登上去的时候因为承受不了他们的重量而折断，发出一阵嘈杂的声音。一名西班牙哨兵碰巧听到了这个声音，便走过来察看，发现了正沿着梯子向上爬的海盗，立刻大叫着发出了警

报。其他西班牙士兵很快就闻讯赶来，一边从墙头向下射击一边扔下石块和点燃的沥青块。如同雨点般落下的子弹、石块和

火球让墙下的海盗们根本无法反击，很快就被迫撤退了，在要塞的高墙下留下了十几具尸体。

要塞里的西班牙人认为这次从要塞背后发动进攻只是一小股流窜的海盗，所以只是增加了巡逻的哨兵，仍然把防御的重点放在海湾外面的海盗舰队上，他们并不知道陆地上的才是海盗部队的主力。

初战失利之后，摩根船长知道想再用偷袭的方法取得成功已经是不可能了，而现在他手中又没有足以摧毁要塞高墙的重型武器，所以只好命令海盗们在森林里待命。此时海盗联军的士气也变得有些低落，有些人开始怀疑这次进攻是否能够成功 。

天亮之后，摩根船长走到森林边用望远镜观察要塞的防御情况，同时思索着用什么方法能够攻克这个堡垒。就在这时，摩根船长听到身后传来一阵喧闹，发现是两名海盗正扭打在一起，其他人则在为他们加油叫好。

摩根船长走过去问发生了什么事，围观的人告诉他这两个海盗中的一个昨天从修道院里抢到了一个金质的十字架，自己偷偷藏了起来，另外那名海盗发现之后硬要对方把它卖给自己，然后两人话不投机就打了起来。

摩根船长让人把打架的两个人分开，先把那个私藏战利品的家伙大骂了一顿，警告他如果再犯的话就按照海盗法典剁掉他的右手，接着，摩根船长问另外那个海盗为什么一定要买这个十字架。那个海盗红着脸说自己的母亲是个虔诚的天主教徒，所以希望能把这个十字架带回去给她做礼物。

这个答案让在场的海盗们都大笑起来，一个笃信天主教的母亲却有一个无法无天的海盗儿子，而这个海盗儿子还打算把从修道院抢来的赃物作为礼物送母亲，这的确很有讽刺的意味。

摩根船长却没有笑，反而显得若有所思。周围的海盗们很快发觉了摩根船长的异样，都停下了笑。就在大家猜测摩根船长是不是打算严惩这个给母亲带礼物的家伙时，摩根船长忽然哈哈大笑起来，拿起那枚十字架放在那个海盗手中，对他说："这是你的了。把它带回去给你的母亲吧，我想

她一定会喜欢的。”接着，他下达了命令：“集合队伍，我们再去那个修道院转转。”

对于这个命令，其他海盗都觉得很奇怪，有人说：“那里已经没有什么值钱的东西了，我们为什么还要回去？”

摩根船长的脸上浮现出一个冷酷的笑容，说：“那些西班牙人不是经常标榜自己是虔诚的天主教信徒吗？那就让我们来看看他们到底够不够虔诚吧！”

两个小时之后，摩根船长带着一大群凶神恶煞的海盗又一次冲进了那座修道院的大门。此时那些修士和修女刚刚挣脱了绳索，正在试着打开被海盗们从外面锁住的屋门。当屋门突然打开的时候，修士和修女们还以为是救援终于到来了，然后却发现是那群海盗去而复返，刚刚燃起的希望之火立刻熄灭了，不过这些可怜人并不知道还有更悲惨的命运在等待着他们。

摩根船长命令海盗们在这些西班牙修士和修女的腰间绑上绳子，把他们拴成长长的一串，然后押着他们穿过雨林来到贝略港的北侧防御要塞后面。

此时已经接近中午，在要塞顶端负责监视丛林里动静的西班牙士兵被炽热的阳光烤得有些昏昏欲睡。那些海盗应该不会傻到在光天化日之下发动攻击吧，西班牙哨兵这么想着，正打算到荫凉里小睡一会儿，就在这时，他忽然注意到丛林里有动静，接着就看到一队人从丛林边缘走了出来，走在前面的那些人把做工粗糙的木制梯子举在头顶，看来海盗们是打算故伎重施。

“那些海盗一定是疯了，竟然现在发起攻击，他们是打算要自杀吗？”虽然这么想着，西班牙哨兵还是立刻发出了警

报，接着他忽然发现有些不对劲，走在前面举着梯子的那些人看起来并不像海盗，他们身上都穿着黑色的修道服。这个发现让西班牙哨兵倒抽了一口凉气：“圣母在上，这些海盗简直就是恶魔！”

增援的士兵很快赶了过来，哨兵把他的发现报告了指挥官。此时那队人已经来到距离要塞城墙不到二十码的地方，要塞上的西班牙人不用借助望远镜就可以看清，走在队伍最前面的正是值得尊敬的修道院院长托雷德神父，他是一位信仰虔诚而且德高望重的老人，要塞里的西班牙士兵不少都接受过他的洗礼。

现在摩根船长的计划已经非常明显了，他让这些西班牙修士和修女走在队伍最前面，每一名修士或者修女后面都藏着一名手持利刃的海盗以防止他们逃跑。摩根船长很清楚绝大多数西班牙人都是虔诚的天主教徒，他们绝对不敢向这些神职人员开枪或者扔石头，退一步说，即使西班牙人开枪也只会打死走在前面的修士修女，拥有“人肉盾牌”的海盗们仍然非常安全。

就如同摩根船长预料的一样，这个亵渎神明的战术让西班牙守军陷入了恐慌和混乱。闻讯赶来的西班牙指挥官很清楚这样下去只有一个结果，那就是要塞被海盗们攻占，可是他无论如何也无法命令自己的士兵向那些神的仆人开枪。□很快，混杂着修士修女和海盗的队伍就安全地抵达了要塞的高墙下，接着十几架梯子被竖了起来，修士们被迫沿着梯子向上爬去，每一名修士身后都紧跟着一个嘴里咬着短刀腰间插着火枪的海盗。

当海盗们登上要塞墙头之后，一场血腥的肉搏战立刻就开始了。对于西班牙士兵们来说，要避开与海盗们挤在一起的修士修女们同时击中不断涌上来的海盗实在是一件非常困难的事情，而相比之下海盗们就方便多了，他们只需要疯狂地挥舞着武器冲向前方，把一切挡路的家伙都砍倒就行了。

这场从一开始就一边倒的战斗持续了一个小时，要塞里的西班牙士兵不是战死就是被俘，而那些被海盗们用来充当肉盾的修士和修女差不多都在混战中死去了。

对于这些被俘的西班牙士兵，摩根船长不打算给他们任何的怜悯，他决定兑现自己在进攻之前的威胁，让那些贝略港的西班牙人知道和摩根船长作对是一件多么愚蠢的事情。

把要塞里所有值钱的东西搜刮一空之后，摩根船长下令把所有俘虏都关进要塞高处的一个房间里，这里正好是在火药库的上方。接着，摩根船长把要塞里所有的导火索都接起来，从火药库一直延伸到距离要塞数十码的地方。

所有的海盗都离开要塞退到安全的地方之后，摩根船长抽出短枪对着导火索开了一枪，不过这一枪并没能引燃导火索，不甘心的摩根船长又换了一支枪尝试了一次，终于把导火索点燃了。导火索“嘶嘶”地燃烧着向要塞内部延伸过去，摩根船长转过身，命令海盗们向不远处的贝略港进发。

随着“轰隆”一声巨响，要塞和关在里面的西班牙士兵都被炸成了碎片，剧烈的爆炸把无数碎石抛上了天空，有些甚至落到了贝略港城区里面。

直到这时，贝略港的居民们才知道一座要塞已经沦陷了，接着他们就看到一大群疯狂野兽一般的海盗冲进城来。海盗们嚎叫着在城里横冲直撞，把任何敢于反抗的人砍倒在地，贝略

港的居民们此时就像是一群被狼群包围的羊，除了躲在家里瑟瑟发抖什么都做不了。

贝略港防御部队的指挥官基斯特·卡洛斯少校此时正在位于贝略港南方的另一座要塞里，直到有人向他报告说北方要塞发生了大爆炸，卡洛斯少校才得知海盗们绕到贝略港后面发起了攻击，并且已经得手了。此时他已经没有能力阻止海盗们冲进城区，只能留在要塞里继续坚守。

对于摩根船长来说，即使已经完全占领了城区，那座坚固的南方要塞仍然是一个令他头疼的心腹大患，所以他只留下几十个人在城区里监视贝略港的居民，自己则率领其他海盗向南方要塞进发。

此时已经是傍晚时分，摩根船长命令海盗们发动了两次攻

势，都被卡洛斯少校率领士兵击退了。面对坚固的要塞，摩根船长也没有办法，只好命令海盗们暂时停止攻击。

此时天已经完全黑了，就在摩根船长考虑是不是再去找些修士来充当肉盾的时候，要塞的吊桥突然放了下来，一群西班牙士兵大叫着“我们投降，别杀我们！”冲了出来。事后摩根船长才知道，这些西班牙士兵觉得既然海盗们能够攻下北方要塞，那这座规模相同的南方要塞肯定也无法阻挡这群疯狂的海盗，他们害怕自己也跟要塞一起被炸得粉身碎骨，所以决定向海盗们投降。

摩根船长当然不会放过这个大好机会，他立刻命令发起攻击。立刻，海盗们嚎叫着踏过吊桥冲进了要塞里。

当卡洛斯少校发现海盗们蜂拥进来的时候已经太晚了，不过这位勇敢的军人并不打算向海盗投降，他和那些仍然忠于他的西班牙士兵依托要塞内的走廊和房间进行最后的抵抗。在海盗的疯狂进攻下，卡洛斯少校身边的士兵一个接一个倒在血泊中，他自己也受了重伤，一颗子弹从他脸颊上擦过，撕开了一道深可见骨的伤口，鲜血不

停地流下来，将卡洛斯少校半边身子都染红了。即使如此，他仍然咬着牙挥剑刺向每一个冲上来的海盗。

当摩根船长来到卡洛斯少校面前的时候，除了他以外的西班牙士兵都已经战死了。这个勇敢的西班牙军官浑身上下足有十几处伤口，衣服已经被鲜血浸透了，此时他连站在那里都非常困难，不得不用自己的佩剑支撑着身体。

卡洛斯少校用他那双血红的眼睛紧盯着摩根船长，好像要用视线杀死对方一样，他的声音因为身受重伤而变得模糊不清：“来和我决斗吧，你这个该死的海盗！”

摩根船长冷漠地摇了摇头，抽出手枪顶在卡洛斯少校额头上，随即扣下了扳机。

杀死卡洛斯少校之后，摩根船长再次点燃了火药库，把南方要塞也炸成了一堆瓦砾。到此为止，他已经完成了对福莱迪的承诺，为曼斯菲尔德船长报了仇，不过摩根船长和其他海盗都不打算就这样离开，他们还有很多“工作”要做。

离开被炸得粉碎的南方要塞之后，海盗们迫不及待地冲回贝略港，开始了疯狂的劫掠。他们冲进每一座房子，把所有看起来值钱的东西都装进口袋，然后逼房子的主人说出藏匿财宝的地方，如果主人稍有不从就会招来杀身之祸。

这样的抢劫持续了十天，海盗们几乎已经把贝略港搜刮一空，不过摩根船长对他们的收获仍然不满意，他威胁贝略港的居民们说，如果不交出更多的财宝，他就把这座城市付之一炬。最终，贝略港的居民们不得不又向海盗们交纳了一大笔钱用来赎回他们自己的城市。

当摩根船长率领海盗舰队回到皇家港的时候受到了热烈的欢迎，如同凯旋而归的英雄一般。从此以后，摩根船长就成了加勒比地区海盗们公认的“海盗之王”，而对于西班牙人来说，这个胆大妄为的海盗就像一个恐怖的恶魔，他们把摩根船长称为“可怕的人”。

7 西班牙人的威胁

摩根船长对于贝略港的袭击很快就传遍了整个加勒比海，所有西班牙殖民地的居民都害怕贝略港的厄运不知道什么时候就会降临在自己头上，那些居住在缺乏保护的小殖民地的西班牙人更是惶惶不可终日。

对于这种情况，西班牙政府再也不能视而不见，必须做点什么来维护自己在加勒比地区的利益。虽然此时仍与英国人在欧洲交战，但西班牙国王还是从海军里抽调出一支由五艘大型三桅战舰组成的舰队赶往加勒比海。这支舰队由戴维·马丁内斯中将率领，每艘战舰上都装备有一百二十门重炮并且配备着三百名训练有素的西班牙士兵。临行之前，马丁内斯中将向西班牙国王发誓，一定把加勒比海的海盗全都送到海底去。

因为海盗船都是些快速的轻型船，西班牙战舰虽然在火力和射程上占有压倒性的优势，但却很难追上逃窜的海盗船，所以马丁内斯中将认为要真正打击海盗，就必须铲除他们可以停靠的港口，从而使这些无赖没有地方可以补充朗姆酒、水和食物，把他们活活渴死、饿死在海上。而在马丁内斯中将打算打击的“海盗港口”名单上，排在第一位的就是皇家港。

1699年10月12号，平日里充满了堕落的欢快气息的皇家港显得有些异样，走在大街上的人们都面带忧色。

在莫蒂福德总督府邸的客厅里，皇家港的头面人物都聚集在这里，正在等待着总督大人到来。

当座钟敲响下午一点钟声的时候，莫蒂福德总督脸色沉重地推门走了进来，走到自己的位置上坐下之后就开门见山地

说：“我想大家都已经得到消息了，一支西班牙舰队从西班牙本土来到了加勒比海，现在就停泊在太子港。”

“听说他们要把皇家港夷为平地，这是真的吗？”问这句话的是布雷克斯男爵，他是皇家港最大的货物收购商，皇家港接近一半的海盗赃物都经过他的手，变成了合法的货物运往英国本土或者其他地方。

“很不幸，这是真的。”说到这里，莫蒂福德总督忍不住叹了口气，然后从口袋里拿出一个信封在空中挥了挥，“这是那支西班牙舰队的指挥官让人给我送来的信，上面说如果我们不能严惩摩根船长和其他海盗的话，他们就会把战舰开进皇家港，然后再来帮我们做这些事情。”

“这太过分了，简直是赤裸裸的要挟！”布雷克斯男爵愤怒地挥舞着拳头，“我们决不能照他们说的去做。”如果没有了海盗，他的交易所用不了多久就要关门大吉，这当然是布雷克斯男爵不能忍受的。

虽然这么说，不过在座的所有人都很清楚，比起海盗们的所作所为，西班牙人的这些要求并不过分。

有人问：“皇家港能够抵御那些西班牙人的进攻吗？”

莫蒂福德总督摇了摇头：“恐怕不能。皇家港的防御要塞还没有完全建好，这里也没有能和他们抗衡的英国舰队。”

“那些海盗呢？”布雷克斯男爵急切地说，“我们可以让他们去抵挡西班牙舰队！”

“这是根本不可能的。那些海盗船的火力和装甲根本无法与西班牙战舰抗衡，进行一下骚扰还可以，要防御港口对他们来说太难了。”说到这里，莫蒂福德总督停下来深吸一口气，这才接着说下去：“如果实在没有办法，我也只好……”

就在这时，客厅的大门被推开了。“对不起，我来晚了。”随着这个声音，摩根船长走了进来。他穿着一件绣着银边的大衣，领子上的金色纽扣闪闪发光。

对于摩根船长的出现，莫蒂福德总督一时有些不知所措，按照他得到的消息，摩根船长应该在海上“狩猎”才对。

“啊，这是我给各位的一点小礼物。”说着，摩根船长从口袋里掏出几个拳头大小的皮袋子交给每一位在座的人。

莫蒂福德总督打开袋子，发现里面装满了五颜六色的宝石，一看就知道是价值不菲。如果是在平时收到这样的礼物，莫蒂福德总督肯定非常高兴，不过现在这些石头却不能让他的心情好起来。

“摩根中将，”莫蒂福德总督用军衔来称呼摩根船长，而没有像平时那样称呼他为“摩根”，“关于西班牙舰队的事情，我想你已经听说了吧？”

摩根点了点头，说：“是的，我已经知道了。”他的态度非常轻松，这让在座的所有人都感到意外。

莫蒂福德总督又问：“那么你打算……”

“我打算把自己绑起来，然后再弄一条船把自己送到太子港交给那个西班牙舰队的指挥官。”摩根船长的回答出乎所有人的意料，在众人惊愕的目光中，摩根船长继续说：“等他们把我的脑袋砍下来挂在桅杆上之后，我还可以号召别的海盗也都这么做。等到所有的海盗都死光了，那些西班牙人就可以轻松地冲进皇家港，把在座的各位都以‘协助海盗’的罪名送上绞架，再把皇家港里所有值钱的东西装上他们的船运走，最后放一把火，皇家港就再也不存在了。”

摩根船长的话让在场的所有人都陷入了沉思。正如摩根船长所说，西班牙人恨的不仅是海盗，还有所有为海盗提供补给以及收购海盗赃物的人，他们绝不会把所有海盗清理干净就满足，乘势把英国的势力清理出加勒比海地区才是他们最终的目的 。

莫蒂福德总督本来曾经打算牺牲摩根船长和其他海盗换取皇家港的安全，不过

摩根船长的话让他放弃了这个计划，问摩根船长：“我们现在应该怎么做？”

“相信我。”摩根船长自信地微笑着，“只要你们愿意帮助我，那支西班牙舰队根本不足为惧。”摩根船长身上好像有一种强大的力量，让人不由自主地去信赖他服从他，无论是粗鲁的海盗还是这些有钱的“上流人士”。最终，莫蒂福德总督同意授予摩根船长这次行动的全部指挥权，并且由皇家港为他提供一切所需的补给。

得到总督的授权之后，摩根船长立刻召集了他手下的海盗，命令他们去皇家港内所有的库房、货栈和交易所，把他们看到的所有火药、硫磺、沥青、各种油类以及所有能够剧烈燃烧的东西都“征集”来，而他自己则来到了皇家港码头。

所有见到摩根船长的人都尊敬地同他打招呼，而他则高傲地向对方回礼。摩根船长将为保卫皇家港而战的消息已经传开了，他的声望达到了一个新的高度。这位集名义上的英国海军中将以及实际上的海盗之王于一身的海盗船长是皇家港所有人的偶像，每一个人都迫不及待地想加入他的海盗舰队去痛打那些该死的西班牙人。

在港口转了一圈之后，摩根船长登上了一艘三桅平底横帆

船，这是一艘来自非洲的远洋货轮，是从象牙海岸运送奴隶来到皇家港的。

摩根船长找到了这艘远洋货轮的船长，开门见山地说他要买这艘船，并且开出了一个非常合理的价格。对于这个提议，货轮的船长并没有太多的选择，事实上摩根船长完全可以“征用”这艘船而不必付钱。

交易结束之后，货轮船长好奇地问摩根船长：“你买这艘船做什么？”虽然这艘三桅平底横帆船体型庞大，但是却缺乏必要的灵活性，逆风时的航行速度也很差，所以并不适合做为海盗船来使用。

摩根船长只是笑了笑，并没有回答这个问题。

把货船船长和他的船员送下船之后，摩根船长派人把这艘船开到皇家港的船坞。在这里，商船上属于商船的一切特征都被抹掉了，不过摩根船长并没有让修理工更换风帆或者重新设计船舱，虽然在船体侧面开了许多炮门，却并没有真的为这艘船装上火炮，这让那些经常为海盗们改装船只的修理工也有些疑惑不解。

当这艘货船从船坞开回港口的时候，它的桅杆顶端飘着代表海盗的骷髅旗，船体两侧整齐地排列着两排炮门，看起来就像是一艘真正的海盗船一样。

此时摩根船长手下的海盗们已经“征集”到了许多他需要的东西，摩根船长命令把这些硫磺、油脂和其他易燃物搬上那艘新海盗船，堆放在宽大的船舱里。

一切准备就绪之后，摩根船长觉得已经可以出发了。当他离开码头登上自己的旗舰“幸运星”号的时候，皇家港超过一半的人都来到港口为他送行。

莫蒂福德总督亲自把摩根船长送上船，握着他的手说：“希望你能在太子港给那些西班牙人一点厉害瞧瞧！”

摩根船长摇了摇头：“我会给他们一些厉害瞧瞧，不过不是在太子港。那里的防御太严密，我可不想去送死。”

莫蒂福德总督吃了一惊：“不是太子港？那你的目标是哪里？”

摩根船长附在莫蒂福德总督耳边说了一个词：“马拉开波。”

8 马拉开波城的焰火

马拉开波城位于加勒比海南岸，马拉开波湖与加勒比海交汇的海峡西岸。1499年，阿隆索·德奥赫达率领一支探险队沿着哥伦布的足迹来到新大陆，发现了马拉开波湖。他看到这里无论是风光还是土著居民的水上住宅都酷似意大利的威尼斯，因此把这个海湾命名为“委内瑞拉”，意思就是即“小威尼斯”。这也是今天委内瑞拉国家名字的由来。1570年，来到新大陆的西班牙殖民者在马拉开波湖西侧建立了城市，称作马拉开波城。不久之后又在隔湖相望的南方建立了另一座城市，命名为圣里塔。

在当时，提到马拉开波城和圣里塔，人们最先想到的不是那里富饶的物产和美丽的风光，而是一名叫做弗朗索瓦·罗罗诺易兹的海盗，在继续讲述摩根船长的故事之前，我们先来简单叙述一下这位“海盗前辈”对马拉开波城和圣里塔所犯下的恶行。

早在摩根船长出海的几十年前，罗罗诺易兹已经在加勒比地区恶名远扬了。他是一个冷酷无情的海盗船长，传说他身体里流动着的血液都是冰冷的，这个恶魔心里从来没有人性，也从来不会对那些倒在他血腥双手下的无助的受害者产生哪怕一丝丝怜悯或者一点点慈悲的念头。

曾经有一次，当时哈瓦那的西班牙地方长官下决心剿灭罗罗诺易兹，为此派出了一艘巨大的战舰。这艘战舰上还带着一个黑人刽子手，准备一抓住这个海盗就立刻将他就地正法。但令所有人都没有想到的是，罗罗诺易兹不但没有坐以待毙，反而主动出战，主动找到了正停泊在伊斯特河口的战舰。拂晓时分，他发动了凌厉的攻势，这次袭击是在对方毫无防备的情况下发动的，罗罗诺易兹很快就取得了决定性的胜利。海盗们嚎叫着冲上了这艘战舰，西班牙人被迫躲进了船舱，等待着死神的来临。

这些可怜的西班牙人被一个个从船舱里揪了出来，又一个个被残忍地杀害。罗罗诺易兹站在甲板上，面无表情地看着这场血腥的屠杀。那个黑人刽子手从剩下的人群中冲了出来，跪倒在罗罗诺易兹面前，一个劲儿地哀求这位海盗船长饶他一命，并发誓会把自己知道的一切告诉他们。罗罗诺易兹审问了这个黑人，在榨干了所有信息之后，他冷冷地挥了挥手，将这个可怜的黑人推向了黄泉之路。这场屠杀中只有一个人活了下来，罗罗诺易兹让他给哈瓦那长官送了一封信。在信上，罗罗诺易兹对哈瓦那地方长官说，从此以后他不会给自己遇到的任何一个武装的西班牙人一点生存的可能。这决不是一个空头的威胁。

有一次在马拉开波湾附近巡逻的时候，罗罗诺易兹俘虏了

一艘满载着大量金银餐具和钱币的西班牙船。这次丰厚的收获不但没有令罗罗诺易兹满足，反而勾起了他更大的欲望。为了得到更多的财富，罗罗诺易兹计划了一个大胆的行动——突袭强大的马拉开波城。

制定好计划之后，罗罗诺易兹就迫不急待地召集了五百个精心挑选出来的亡命之徒。罗罗诺易兹率领这些海盗乘船沿着海岸线前进，到达了委内瑞拉海湾。下船之后，这些海盗立刻向马拉开波湖口的堡垒发动了突袭。这座堡垒由一百多名西班牙士兵守卫，装备着威力强大的火炮，负责保护马拉开波城，阻止敌人的入侵。在夜色的掩护下，罗罗诺易兹率领海盗们如同瘟疫一般扑向堡垒。

开始的时候，堡垒里的西班牙人尽力对抗着海盗们近乎疯

狂的攻势，竭尽全力保卫着自己的城市。但是经过三个小时血腥的战斗之后，剩下的西班牙人被海盗吓破了胆，放弃抵抗仓皇逃走了。占领了堡垒之后，罗罗诺易兹下令点燃了火药库，把这座堡垒炸上了天。

得到堡垒沦陷的消息之后，恐惧和混乱迅速在马拉开波城蔓延开来。有钱人纷纷坐船逃向马拉开波城南方大约四十里的圣里塔。

清除了障碍之后，罗罗诺易兹手下的海盗长驱直入，几乎没有遇到任何抵抗就杀到了城里。接下来发生的事情估计大家都可以想象得到。对于海盗们来说，那是一场贪婪而且野蛮的狂欢，对于马拉开波城的居民来说则是会铭记终生的梦魇。这种规模的劫掠和屠杀在西班牙统治的西印度群岛上是前所未有的。居民的房屋和教堂都被洗劫一空，男人和女人们都被严刑拷打，被逼着说出更多的藏宝地点。

洗劫了马拉开波城之后，海盗们驶入了马拉开波湖，到达了圣里塔。逃亡到这里的惶恐不安的人们聚集在一起，沉浸在了无声的恐惧当中。

圣里塔的美利达执政官是一位勇敢的军人，曾经为佛兰德

斯国王服务。他召集了八百人加入队伍来增强城镇防御，等待着海盗的到来。没过多久，罗罗诺易兹就率领着大队的海盗出现了，尽管勇士们进行了英勇的抵抗，圣里塔最终还是沦陷了。接着，在圣里塔上演了与马拉开波城一样的惨剧，只不过这场惨剧在马拉开波城只持续了十五天，而在圣里塔却持续了整整四个星期。海盗们疯狂地从那些受尽折磨的西班牙人身上抢夺财物，在他们眼里没有同情或者怜悯，只有钱、钱、钱！

等到搜刮完所有人的财物之后，海盗们终于打算离开圣里塔了，不过在离开之前，罗罗诺易兹要求圣里塔的居民再交出一大笔钱作为这个城市的赎金，否则就放火把这座城市烧掉。西班牙人最初还想讨价还价，但罗罗诺易兹却非常果断地点燃了这座城市。西班牙人被这个海盗的疯狂吓怕了，立刻支付了这笔赎金，并苦苦哀求罗罗诺易兹帮助扑灭正在蔓延的大火。尽管大家竭尽全力想保住城市，但是这个城市仍有一半的区域在大火中付之一炬。

离开圣塔里之后，罗罗诺易兹率领海盗们再次返回了马拉开波城，向这里索要了一大笔的赎金。看到圣里塔的悲惨命运，西班牙人没有再讨价还价，不过此时他们根本不可能再拿出金币或者银币来满足这些贪婪的海盗了。最后，他们支付了五百头牛才保住了这座城镇，饱受压迫和折磨的马拉开波城终于摆脱了这群强盗的控制。

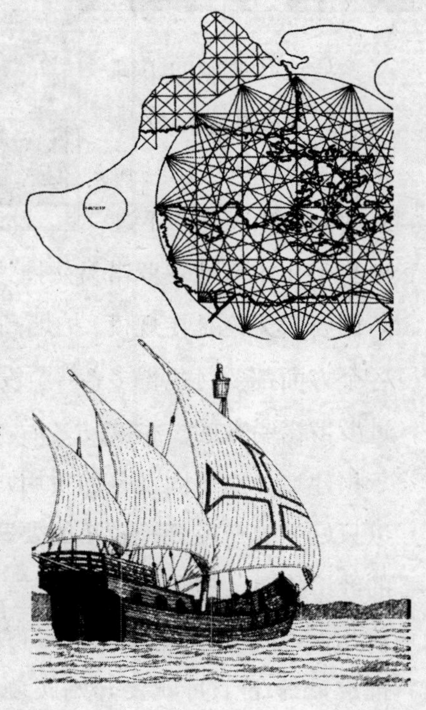

这些就是罗罗诺易兹的“辉煌事迹”，他的好运似乎也到此为止了。就在他离开马拉开波城之后不久，他在达连湾的某个岛屿上被一群土著居民抓住，在受尽折磨之后痛苦地死去了。

毫无疑问，摩根船长曾经听说过罗罗诺易兹在马拉开波和圣里塔的“丰功伟绩”，不过他选择这里作为目标可不是为了追随前辈的脚步，而是有更现实的考虑。

10月15日凌晨时分，马拉开波城的人们正沉浸在甜美的梦乡里的时候，一艘小艇悄悄驶入了马拉开波城的港口，上面是二十个全副武装的海盗。摩根船长并没有亲自参加这次突袭行动，他留在“幸运星”号上坐阵，指挥这支海盗突击队的是摩根船长的二副，名字叫乔纳森·洛卡德。

马拉开波城的防御要塞位于城市北边的悬崖上，扼守着进出马拉开波湖的出入口，不过比起十几年前被罗罗诺易兹摧毁的坚固堡垒，后来建立的这座防御要塞无论是在规模、护墙高度、火炮威力以及驻军人数等各个方面都要逊色得多，甚至没有防御沟和吊桥。这是因为经过罗罗诺易兹的一番洗劫之后，马拉开波城的居民们再也无力承担建造一座坚固堡垒的费用，可是又不能没有防御措施，所以只好先建一座规模较小的要塞凑合着，打算等到马拉开波城的经济恢复一些再将其加固。就在摩根船长来到马拉开波城的前几天，加固要塞的提案已经得到了马拉开波的西班牙执政官批准，等下个月就要开始实施了。

在夜色的掩护下，海盗们把船搁浅在港口北方的沙滩附近，乔纳森首先跳进齐膝的海水里，转身催促其他海盗动作快一点。海盗们把火枪和装着火药的皮袋顶在头顶，防止海水把火药弄湿。在海水中跋涉了十几码之后，他们的脚就踩在了干爽的沙地上。

按照摩根船长的指示，乔纳森率领海盗们沿着一条陡峭的小路来到防御要塞附近的一处树林里。海盗们埋伏在道路两边树林的阴影里，静静地等待着。

天色渐渐亮起来的时候，四名西班牙人赶着两头毛驴出现在海盗们的视线里，他们是为要塞里的西班牙士兵运送食物的脚夫。为了弄清楚这些脚夫抵达要塞的时间和路线，摩根船长花了不少钱，不过这一切都是值得的。

当那四名西班牙脚夫进入包围圈之后，乔纳森果断地发出了进攻的命令，海盗们一拥而上把他们围在了中间。这四名脚夫被这群凶神恶煞一般的海盗吓得瘫在地上连话都说不出来，根本没想过逃走或者反抗。

海盗们把脚夫的衣服脱了个精光，然后把他们绑了起来。乔纳森和另外三名身材差不多的海盗换上脚夫的衣服，把弯刀和短枪藏在毛驴身上驼着的货物里，一切准备就绪之后，他们赶着毛驴向要塞走去。其他海盗则隐藏在距离要塞几十码之外的岩石后面，等待着发动进攻的时机。

乔纳森和另外三名海盗来到要塞大门附近的时候，在要塞护墙上巡逻的哨兵发现了他们，用西班牙语高声问："巴洛斯呢？他怎么没来？"

乔纳森也用流利的西班牙语回答："他和他的人昨天晚上参加婚礼的时候喝醉了，现在还没醒过来，所以我们替他们把

东西送来了。”乔纳森曾经在西班牙货船上当过水手，能够说一口流利的西班牙语，这也是摩根船长让他担任这支突击队指挥官的原因之一。

对于乔纳森的回答，哨兵没有任何怀疑，又问：“今天是什么菜？”

“咸鱼、西红柿和玉米。”乔纳森说。刚才他们已经把毛驴身上的货物翻过一遍，只有这些东西。

“又是这些鬼东西！”哨兵不满地低声咒骂了一句，然后对乔纳森他们说：“等着，我去给你们开门。”说完便走下了墙头。

没过多久，要塞的大门从里面打开了，那个哨兵仍然在喋喋不休地抱怨着：“你们就不能送点别的东西来吗？我看到咸鱼和玉米就想吐！”

乔纳森微笑着对他说："啊，事实上，我们今天的确带了一些比较特别的东西。"

哨兵立刻高兴起来，兴奋地问："是什么？难道是葡萄酒？你们从婚礼上弄出来的，对不对？"当他的鼻子被乔纳森的火枪指着的时候，这个可怜的哨兵才明白"比较特别的东西"到底是什么，不过显然已经太晚了。

隐藏在附近的海盗们从藏身的地方冲出来，一窝蜂般地冲进了要塞的大门。乔纳森派了几名海盗去占领武器库，其他人则在那个哨兵不情愿的指引下冲进了要塞的营房。

此时那些西班牙士兵睡得正香，甚至被海盗们从床上拽起来的时候，有些西班牙士兵还以为自己是在做梦，直到被绳子结结实实地捆起来扔进要塞的地下室，他们才真正清醒过来。

把要塞里所有的西班牙士兵以及那四名脚夫都关进了地下室之后，乔纳森让人在要塞屋顶点起一堆火，又在里面扔了几块狼粪。立刻，一道黑烟升了起来，这是向摩根船长发出已经成功占领要塞的信号。

虽然那些西班牙士兵和脚夫都惊恐地猜测这些海盗一定会点燃火药库把要塞和里面的人都炸上天，不过这件事一直也没有

发生。海盗们穿上西班牙士兵留在营房里的军服，然后在墙头上安排了巡逻的哨兵。从外面看起来，这座要塞好像什么都没

有发生过，仍然在西班牙人的控制之下。

港湾外的“幸运星”号上，摩根船长一直在用望远镜观察着要塞方向的动静，看到黑烟升起来，他知道乔纳森已经占领了要塞，立刻命令舰队升起帆向马卡开波城的方向驶去。

可想而知，当马拉开波城的居民们早上起床之后看到港口里停泊四艘海盗船的时候会有多么恐惧，罗罗诺易兹对这座城市所作的一切还历历在目，而现在这一切又要重演了。

得到摩根船长的命令之后，海盗们迫不及待地跳下海盗船，怪叫着冲进马拉开波城，对这座多灾多难的城市开始了疯狂的劫掠。他们三五成群，砸开街边每一座房子的大门冲进去，把所有值钱的东西席卷一空，然后再逼着主人交出更多的财宝。

这种野蛮的抢劫一共持续了三天。第四天的时候，摩根船长好像已经对这座城市失去了兴趣，他叫人把马拉开波城的西班牙执政官带到自己面前，对他说自己现在要离开马拉开波城去圣

里塔，不过几天之后还会回来，执政官必须在那之前准备好价值二十万英镑的财宝作为赎金，否则就要把马拉开波变成一片火海。

留下了他的威胁之后，摩根船长集合队伍登上海盗船，带着丰厚的战利品离开了马拉开波城地港口向马拉开波湖里驶去。

马拉开波城的西班牙执政官正在为怎么凑齐这样一大笔赎金发愁，这时有人提醒他，马丁内斯中将和他的舰队就停泊在太子港，如果把摩根船长在马拉开波湖的消息告诉他，这位西班牙海军中将肯定会很乐意帮助马拉开波城消灭这群无法无天的海盗。

这个建议让执政官看到了希望，他立刻写了一封致马丁内斯中将的求援信，然后选了一艘港口里最快的船送到太子港去。

这封求援信很快就被送到了马丁内斯中将的手里，当时

中将正在自己的旗舰“银色军刀”号的甲板上吃午饭。看过这封信之后，他立刻叫人把马拉开波城附近的海图拿来。把海图放在桌上看了几分钟之后，马丁内斯中将转身对自己的副官愉快地说：“看来我们不必再等皇家港的答复

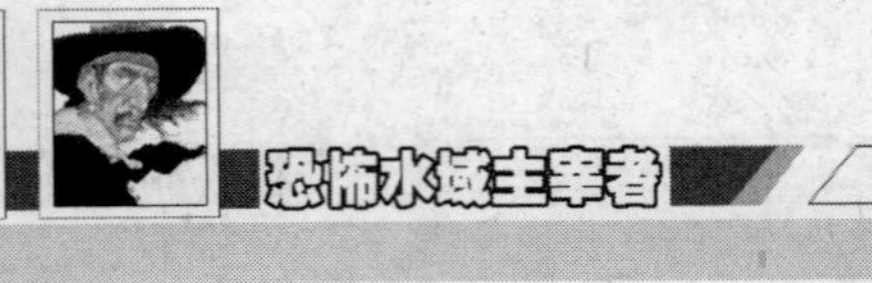

了，用不了多久，摩根船长的脑袋就会挂在‘银色军刀’号的桅杆上。”副官惊讶地问中将为什么这么说。

“你过来看。”马丁内斯中将指着桌上的海图说，“那些该死的海盗现在正待在圣里塔，如果他们要离开马拉开波湖，就必须通过这个狭窄的委内瑞拉海峡。只要让我的舰队停泊在海峡上，保证让那些海盗一个都跑不了！”

马丁内斯中将的信心也感染了他的副官，后者兴奋地说：“那真是太好了，我这就去通知其他船，准备明天一早出发。”

马丁内斯中将摇摇头：“不，明天早上出发太晚了，天知道那些海盗会不会老老实实地在马拉开波湖里待着，我可不想让这个机会白白浪费。”略一思索之后，他对副官说：“你去通知各位舰长，让他们立刻开始准备。我希望两个小时之后，我的舰队已经在加勒比海上了。”

当马丁内斯中将率领他的舰队赶往马拉开波湖的时候，摩根船长和他手下的海盗们正在圣里塔大肆劫掠。海盗们把这座小镇所有财富搜刮一空，战利品在码头上堆成了几座小山。

由于海盗船上已经装了不少从马拉开波城抢来的战利品，想要再装下从圣里塔搜刮的战利品就变得非常困难了，这时有海盗发现那艘体型庞大的新海盗船上还有一些货舱空着，就想把战利品搬到它上面带走，却被摩根船长严厉地制止了，最终海盗们不得不把一些不太值钱的战利品扔在码头上，这让海盗们多少产生了一些不满，不过这并不会影响摩根船长在他们心目中的权威。事实上，摩根船长一直都只在这艘新海盗船上留下能够保持航行的最低限度的水手，而且一直让它跟在船队的

最后，除了摩根船长本人之外，其他海盗几乎都不知道这条船要用来做什么。

摩根船长和他手下的海盗在圣里塔待了将近两个星期，几乎把这里的每一个铜子都抠了出来，这才登上船离开了这座可怜的城市。按照摩根船长的计划，海盗舰队掉头向马拉开波城的方向驶去，摩根船长和其他海盗都不会忘记去向这座城市收取“赎金”。

当海盗舰队驶到委内瑞拉海峡附近的时候，在桅杆顶端负责瞭望的海盗忽然大叫起来：“天啊，是西班牙海军！”

这个消息让所有海盗的神经都紧绷起来，纷纷跑到船头向委内瑞拉海峡的方向看去。他们看到三艘体型庞大的战舰在海峡上一字排开，桅杆顶端的西班牙国旗在海风中高傲地飞舞着。战舰侧面的炮门都已经打开，黑洞洞的炮口从里面探出来，随时准备喷射出死亡的火焰。

一时之间，海盗们被眼前的情形吓得有些不知所措了，纷纷议论起来："我们被堵在这里了！""我们要怎么离开？""我不要死在这里！"

"都给我闭嘴！你们还算是勇敢的海盗吗？简直像一群尖叫的娘们儿！"摩根船长的吼声让海盗们安静了下来，都抬起头看着摩根船长。

"你们放心。"摩根船长自信地对所有人说，"会后悔来到这里的将是那些可怜的西班牙人，而不是我们。现在，你们都给我回到岗位上去！"摩根船长的自信和从容感染了所有的海盗，他们变得不那么害怕了，纷纷回到自己的岗位上干活去了。

摩根船长站在"幸运星"号的船头，举起望远镜向停泊在海峡上的西班牙战舰看去，船上西班牙水兵忙碌的身影隐约可见。

"终于来了，让我等了好久啊……"摩根船长低声自言自语，嘴角浮现出一个冷酷的笑容，"看来是到该放焰火的时候了。"

当马丁内斯中将在望远镜里看到摩根船长的海盗舰队出现在马拉开波湖湖面上的时候，他觉得自己已经是胜券在握了。不过马丁内斯中将并没有让舰队主动出击，他很清楚自己的大型战舰虽然在火力和装甲方面远强于那些海盗船，不过在灵活性和速度上就要逊色一些，所以在海峡上等着那些海盗们送上门来远比冲上去和他们交战明智，反正这些海盗已经无处可逃了。两天前抵达港口之后，马丁内斯中将特意派人去马拉开波城防御要塞通知了那里的指挥官，让他在必要的时候协助海军舰队消灭海盗，那个指挥官当然是满口答应了。现在马丁内斯中将需要的只是等待那些海盗船进入射程，就可以利用海陆双方的交叉火力把它们全歼。

那些海盗好像察觉了危险，在战舰射程之外就停了下来。接着海盗旗舰上打出旗语："希望谈判。"

虽然马丁内斯中将认为和这些该死的海盗没有什么可谈的，不过他还是同意了海盗的要求。

看到"银色军刀"号上打出"同意"的旗语之后，海盗旗舰上放下一艘小艇，由四个海盗向"银色军刀"号划过来，半小时之后，他们被带到了马丁内斯中将面前。

为首的海盗代表自称是摩根船长的大副，他向马丁内斯中将转达了摩根船长希望能够和平结束这次冲突的意愿，并且说如果马丁内斯中将同意让海盗们安全离开，摩根船长和其他海盗都同意放弃他们在马拉开波城和圣里塔抢到的所有战利品，另外还会支付给西班牙人一笔数目不菲的补偿金。

对于海盗的提议，马丁内斯中将嗤之以鼻，冷笑着说："补偿金？我很想知道摩根船长的这笔钱是从哪里来的——贝略港？还是前几天被劫的西班牙商船？"

海盗代表无言以对，支吾着说：“这是摩根船长希望和平的诚意……”

“去他的该死的‘诚意’！”马丁内斯中将毫不留情地打断了海盗代表的话，“我恨不得现在就砍下你的脑袋，不过我还需要你留着命回去告诉摩根船长，现在该是他为自己的所作所为付出代价的时候了，用不了多久，他的脑袋就会挂在‘银色军刀’号的桅杆上！”

当那名海盗代表灰溜溜地登上小船的时候已经是傍晚了，马丁内斯中将担心海盗会趁天黑的时候发动突袭趁机逃跑，所以命令舰队严加戒备，随时准备战斗。虽然在海峡外面还有两艘战舰来回巡逻，随时准备追击逃窜的海盗船，不过马丁内斯中将可不希望让那些海盗从自己眼皮底下溜过去。

出乎马丁内斯中将的意料，那几条海盗船一整晚都没有什么动作，这让他不禁怀疑海盗们是不是已经放弃逃走的希望了。

当清晨的阳光照亮马拉开波湖的湖面时，马丁内斯中将发现海盗舰队已经改变了阵型，昨天在舰队最后面的那艘大型海盗船现在被移到了舰队的最前面，甲板上密密麻麻地站满了人，并且已经升起了满帆。在马丁内斯中将看来，这些海盗是打算以这艘大船为前锋冲击西班牙舰队的防御，这种困兽之斗的战术不禁让他觉得有些好笑。

仿佛是为了证明马丁内斯中将的想法，那艘大型海盗船的三面横帆吃满了风，加速向海峡方向驶来，其他海盗船不远不近地跟在它后面。

马丁内斯中将对自己舰队所拥有的火力很有自信，所以他命令所有战舰不用着急开火，等到那艘大型海盗船靠近一些再打。直到马丁内斯中将觉得足够近了之后，他才下达了开火的命令。

随着“银色军刀”号上的大炮发出一声震耳欲聋的怒吼，三艘西班牙战舰上的大炮开始接连不断地射击，呼啸的炮弹准确地落在那艘大型海盗船的甲板上，立刻燃起了熊熊大火，转眼之间就把那些站在甲板上的人吞没了。

看到海盗船甲板上燃烧的烈火，马丁内斯中将觉得有些不对劲，这火势蔓延得实在太快了，急忙拿起望远镜看去。透过熊熊烈焰，马丁内斯中将看到那些甲板上的“海盗”仍然在火中屹立不倒，火焰烧掉了包裹在外面的破衣服，露出下面的木桩的棕榈叶。

马丁内斯中将猛然醒悟：“天啊，这是一条‘火船’！”看得出来，那艘“火船”的目标正是马丁内斯中将所在的旗舰“银色军刀”号，意识到危险的同时，他急忙命令起锚升帆，希望能够避开火船的撞击，不过现在才这么做显然已经太迟了。

火船上的火势越来越大，连它的帆都在熊熊燃烧着，如同一艘来自地狱的恶魔之船。每一发炮弹落在这个巨大的火球上都会炸开一团耀眼的火焰，飞出去的小火球落在海面上仍然继续熊熊燃烧，这都要“归功于”船舱里满载的硫磺、沥青和各种油。

眼看着火船越来越近，所有的西班牙人都意识到这是怎么一回事了，不过想要避开已经来不及了，有些西班牙人慌乱地跳进水里逃生，更多的则是瞪大了惊恐地眼睛，眼睁睁地看着那个巨大的火球越来越近。

随着一声巨响，火船拦腰撞在“银色军刀”号上，卷起的漫天火焰立刻把“银色军刀”号吞没了。包括马丁内斯中将在内，船上的大多数人甚至连惨叫都没来得及发出就已经葬身火海。熊熊燃烧的两艘船失去了控制，撞在另一艘西班牙战舰上，如同来自地狱的烈焰立刻也将它吞没了。

与此同时，马拉开波城防御要塞的加农炮也开火了，不过目标并不是尾随火船而来的海盗船，而是侥幸没被卷进火焰里的那艘西班牙战舰。这也是摩根船长的计划之一，乔纳森和另外二十名海盗在要塞里躲藏了这些天，等待的就是这一刻。

现在处于交叉火力下的是那艘幸存的西班牙战舰了，这艘战舰的舰长已经被突如其来的变化弄昏了头，旗舰覆灭和马丁内斯中将阵亡给他的打击让这个西班牙军官快要晕过去了，只知道一边命令：“还击！开炮还击！”一边不停地向圣母玛丽亚祈祷。

也许真的是被圣母眷顾，西班牙战舰射出的一枚炮弹打穿了防御要塞脆弱的墙壁，落在火药库里引起了剧烈的爆炸，把乔纳森等海盗和关在地下室里的西班牙人同要塞一起炸上了天，这大概是在这次战斗中西班牙人取得的最“辉煌”的战果。

不过这一点小小的挫折并不能对摩根船长和其他海盗造成什么影响，他们驾驶着海盗船飞快地掠过仍然在熊熊燃烧着的海面，冒着枪林弹雨向西班牙战舰靠了过去。为了能够以最快速度登上高大的西班牙战舰，这些疯狂的海盗一个接一个爬上海盗船的主桅杆，然后紧紧抓住缆绳猛地一蹬，就这样荡向西班牙战舰。运气不好的海盗会被西班牙人的子弹击中，或者失去准头掉进海里，不过大多数海盗都安全地落在西班牙战舰的甲板上，随即嚎叫着挥舞着武器冲向那些绝望的西班牙人。经过半个多小时的战斗，幸存的西班牙士兵要么举手投降，要么跳进海里逃生，海盗们最终占领了这条庞大的西班牙战舰。

那两艘在海峡外游弋的西班牙战舰远远地目睹了这场战斗，当看到马丁内斯中将的“银色军刀”号和另外一艘战舰被大火吞没的时候，这两艘船上的西班牙人被吓破了胆，他们就像是一群真正的懦夫那样飞快地掉转船头逃走了，甚至没想到回去救援还在被海盗围攻的同伴。

看到马丁内斯中将强大的舰队竟然被海盗轻易地彻底击溃，马拉开波城的居民们终于彻底绝望了，他们不再抱有任何幻想，开始尽全力筹措摩根船长要求的赎金，并且祈祷这位海盗船长不会因为马拉开波城招来西班牙舰队的事情而放火烧掉这座城市。

经过一夜战战兢兢的等待之后，第二天清晨，马拉开波城的居民惊讶地发现委内瑞拉海峡上只剩下两艘西班牙战舰漂浮的残骸，海盗船和那艘被俘的战舰都不见了。原来摩根船长担心那两艘逃走的西班牙战舰会杀个回马枪，命令海盗们趁着夜色悄悄驶出了委内瑞拉海峡，向皇家港的方向驶去。至于马拉开波城的赎金，摩根船长并没有抱有太大的希望，毕竟他们已经把这座本来就不算富裕的城市搜刮得差不多了，赎金只是逼迫西班牙人请求马丁内斯中将舰队援助的手段而已。

归途中，满载而归的海盗们开始了疯狂的狂欢，不幸的事情就在这时候发生了。一名喝得酩酊大醉的海盗开枪（或者是走火）引爆了被俘的西班牙战舰上的火药桶，随即引发了一连串大爆炸，战舰被从中间炸成了两截，上面近百名海盗也一同沉入了海底。

虽然有一个并不太完美的结局，不过摩根船长的计划还是取得了成功。失去了指挥官和超过半数战舰的西班牙舰队再也没有能力威胁皇家港，而西班牙国内也没有能力再派出新的舰队来加勒比海地区增援，剿灭海盗的计划只好不了了之。

⑨远征计划

摩根船长在委内瑞拉海峡重创了西班牙舰队之后，加勒比海地区的海盗活动变得更加猖獗，西班牙商船只要出海几乎就必定会成为海盗的猎物，即使是组成庞大的船队并且雇佣战舰武装押运也无法保证安全，这使得西班牙人在加勒比海地区的贸易行为濒临崩溃，把从殖民地攫取的巨额财富送回国内更是无从谈起，只要这些宝物装船出海，就相当于进了海盗的腰包——如果没有被击沉到海底的话。

另一方面，海盗们对殖民地城市的疯狂劫掠使得各个西班牙殖民地人人自危，规模较大的殖民地为了在海盗的魔掌中保护自己，都开始投入巨资在险要位置修建堡垒和要塞，而那些小殖民地的人们则只能听天由命，在对海盗的无限惶恐中煎熬着度日，不知道什么时候厄运就会降临。

对于海盗们来说，加勒比海上已经没有什么西班牙船可以让他们去抢劫了，登陆去劫掠西班牙殖民地又不是每一个海盗团伙都能够做到的事情。许多海盗船在海上游荡好几个月都碰不到一艘西班牙船。为了能够满足他们的贪欲（有时候只是为了填饱肚子），这些海盗变得更加疯狂起来，他们再也不管对方属于哪个国家，只要是出现在他们视线之内的商船都会成为这些海盗攻击的目标。到了1670年下半年，情况变得更加恶劣。不但法国、荷兰等国家的商船频频被海盗袭击，连曾经是这些海盗幕后老板的英国也不能幸免。不少英国商船满载着货物从皇家港离开之后不久就被一拥而上的海盗们榨成了空壳，最具有讽刺意味的是，这些贼赃有时候还会被运回皇家港卖给这里的交易商，然后在装船出海的时候再次被劫。

海盗们疯狂的行为引起皇家港那些英国商人们的强烈不满，虽然他们很乐意以低价收购海盗从别人那里抢来的赃物，但如果让他们花钱买回自己的货物就是另外一回事了。现在海盗们的行为几乎让加勒比海所有的商业行为陷入瘫痪，损失惨重的英国商人们纷纷找到莫蒂福德总督诉苦，希望他能够让这些海盗“规矩一点”。

对于商人们的遭遇，莫蒂福德总督也是深有体会。现在英国已经在和西班牙的对抗中占据了优势，在加勒比海周边的殖民地范围也在逐渐扩大，这些海盗毫无差别的抢劫让殖民地之间的联系几乎崩溃。不过莫蒂福德总督本人对海盗也是束手无策，所以当他听说摩根船长出海归来的时候，立刻派人请他来总督府商量。

和那些只能在海上抢劫商船的小股海盗不同，摩根船长的目标主要是那些富庶的西班牙殖民地，所以即使是在“不景

气”的现在，他仍然能够带领手下的海盗抢到足够多的战利品，这让其他海盗羡慕不已，都希望能够追随摩根船长的脚步，不过除了旗舰上亲信的海盗之外，摩根船长只在每次行动之前才召集他认为必要数量的人手，行动结束之后大家就分钱散伙，至于下一次行动还能不能参加就看自己的运气了。

安静地听完莫蒂福德总督的诉苦之后，摩根船长表示他从来没有袭击过一条英国船，更没有攻击过英国的殖民地。

“这我当然很清楚，你的目标总是放在西班牙人身上，就像是一个真正的爱国者那样。可是，并不是所有人都像你这样爱国的。”说到这里，莫蒂福德总督苦恼地叹了口气，“就在昨天刚收到消息，又有三条驶往伦敦的远洋货船被海盗抢劫了，再这样下去的话，我们大概也要和那些西班牙人一样只能待在港口要塞的高墙后面了。”

摩根船长皱起眉头，说：“那么，您希望我做什么？为那些商船护航吗？”

“当然不是。”莫蒂福德总督满怀希望地看着摩根船长，“你不是加勒比海的‘海盗之王’吗？你可以命令那些海盗不要抢劫英国船只啊。”

对于莫蒂福德总督的话，摩根船长只能报以苦笑，说：

“这样说的话，我还是大英帝国的海军中将呢，只需要命令那些停泊在伦敦港口的军舰赶来加勒比海，把所有海盗都消灭干净就行了。”因为中将已经是莫蒂福德总督权限内能够授予的最高军衔，所以摩根船长虽然“战功赫赫”，却一直没有升过官。

莫蒂福德总督无言以对，摩根船长继续说：“‘海盗之王’只是一个头衔，也算是海盗之间的仲裁者，却没有权力命令其他海盗应该做什么、不能做什么，每一位海盗船长都有权决定他和他手下的海盗要做什么。在眼前这种情况下，想要所有海盗都不碰英国船几乎是不可能的。”

摩根船长的话让莫蒂福德总督快要绝望了，不甘心地问：“难道就没有别的办法了？”

摩根船长摇摇头，说：“办法倒不是没有。”

莫蒂福德总督好像溺水的人抓住了一根树枝，眼睛都放出了光，急忙问道：“什么办法？”

“这些海盗要的只是钱，那就给他们钱好了。”摩根船长自信地笑着说，“当然，这笔钱还是要他们自己去西班牙人那里抢出来。”

莫蒂福德总督好奇地问：“你打算怎么做？”

“我要召集所有海盗进行一次远征，这样他们暂时就不会因为无事可做而去抢劫英国商船了。”摩根船长的声音里透出抑制不住的兴奋，“我从很久之前就开始考虑这个计划了，现在终于到实施它的时候了。”

“一次伟大的远征？真是一个好主意！”莫蒂福德总督也兴奋起来，“那么，你的目标是哪里？”

“巴拿马城！”

听到这个回答，莫蒂福德总督惊讶地瞪大了眼睛，他怀疑眼前这个人是不是疯了。不过此时摩根船长的眼神看起来坚定

而明亮，丝毫没有疯狂的迹象。

离开总督府之后，摩根船长并没有回自己的船上，而是来到了皇家港最大的酒馆“跳舞的酒壶”。一推开门，立刻有一股混杂着酒精和烟草味道的刺鼻空气扑面而来。如同平日里一样，这家酒馆依然人满为患，每一张桌子旁都有一群喧闹的酒鬼正在开怀畅饮，漂亮的侍女灵活地穿梭其中。

摩根船长的到来很快就引起了人们的注意，纷纷对这位“海盗之王”表示自己的敬意。

一个皮肤黝黑、身材魁梧的家伙向摩根船长举起酒杯，大声说：“嘿，船长，有没有什么可以发财的路子啊？我身上的钱只够再买两杯朗姆酒的了，再不弄点钱回来，我就要被从这里踢出去了。”

不少人都纷纷附和：“是啊是啊，最近连海盗都快饿死了！”“带我们去抢那些西班牙人吧！”“干掉西班牙人，把他们的钱都抢来！”

摩根船长举起双手示意人们安静下来，然后说：“没错，我的确有一个计划，需要更多勇敢的水手加入。”

摩根船长的话吸引了所有人的注意，大家都竖起耳朵等待着他接下来的话。

“为了保密，我并不打算透露这个计划的细节，不过我承诺会让所有参加这个计划的勇士都能得到足够令他们满意的财富。”摩根船长的话让大家激动起来，在这种不景气的时候，“令人满意的财富”是多大的诱惑啊。

摩根船长继续说：“我希望你们转告每一位海盗船长，每一个勇敢的海盗，如果他们有勇气参加这个无与伦比的冒险计划，就带上他们的船和武器，在10月15号之前去伊斯帕奥拉岛的科伦港，我会在那里等他们。”

有人问道：“你需要多少人？”

摩根船长毫不犹豫地回答：“越多越好，我希望能够有几千人。”

这个回答让人群发出一阵惊讶的声音。要知道摩根船长袭击强大的贝略港也只带了900名海盗，可以想象需要数千人的行动会是怎样的大冒险！在场的很多人已经开始摩拳擦掌跃跃欲试了。

不知道谁先发出一声欢呼：“摩根船长！”很快，整个酒馆里的人都欢呼起来：“摩根船长！海盗之王！海盗之王！摩根船长！”

第二天，皇家港所有的酒馆里都开始流传一个消息：“海盗之王”摩根船长即将进行一次前所未有的伟大冒险，并且准备邀请所有勇敢的海盗参加。十几天之后，这个消息已经传遍了整个加勒比海，海盗们欢呼雀跃摩拳擦掌，纷纷登上船向伊斯帕奥拉岛涌去，准备参加到这次“伟大的冒险”中来。

摩根船长离开皇家港前往伊斯帕奥拉岛之后不久，莫蒂福德总督接到了一封来自伦敦的公函，上面说英国已经和西班牙签署了和平协议，双方不再是敌对关系，所以政府命令加勒比海地区的英国人停止一切对西班牙的敌对行动。看着这封迟到的公函，莫蒂福德总督只能苦笑，此时去阻止摩根船长的“大冒险”已经来不及了，现在唯一能做的就是向圣母祈祷保佑那些倒霉的西班牙人了。

10 象征性的进攻

当摩根船长乘坐他的“幸运星”号来到伊斯帕奥拉岛附近的海域时，他看到科伦港附近的海面上密密麻麻地停泊着几十条海盗船，这种壮观的情景连摩根船长自己也没有预料到。

摩根船长在科伦港受到了热烈的欢迎，来自加勒比海各个角落的海盗们围绕着摩根船长发出一阵阵欢呼。

接下来的几天里，摩根船长开始对这些聚集在科伦港的海盗进行清点和整编，因为仍然不停有海盗和海盗船赶来这里，所以这项工作花费了不少的时间和精力，到了1969年10月24日，摩根船长发现他的海盗大军已经拥有五十多条大大小小的海盗船和近两千名渴望去西班牙人那里抢劫财宝的海盗了，这大概是加勒比海的历史上最庞大的海盗部队了。

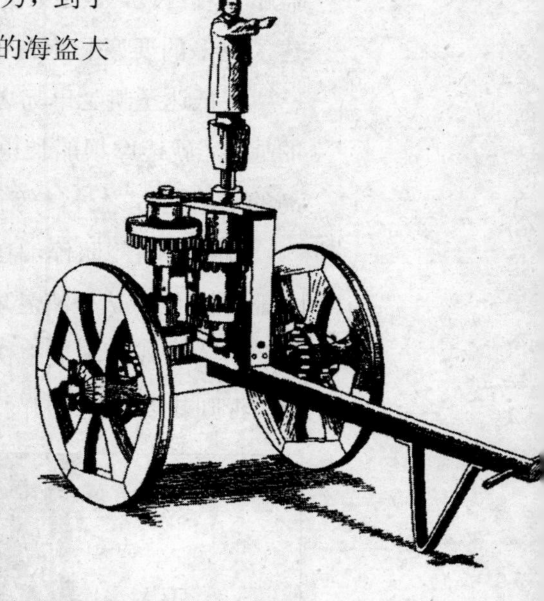

维持这样一支庞大的部队行动需要许多食物、淡水以及朗姆酒，摩根船长把科伦港交易所里的补给品几乎都搬空了，仍然没有凑齐必要的数量，他不得不派出一部分海盗到附近的西班牙殖民地去抢夺所需要的补给品。那些西班牙殖民地对于这些凶神恶煞的海盗不敢有半点违抗，把他们要的所有东西都双手奉上，只希望能让这些瘟神早点离开。

“筹集”补给品的行动一直持续到了12月初，才总算基本上完成了。摩根船长把所有的海盗和补给品都装在三十五艘比较大的海盗船上，然后率领这支空前庞大的海盗舰队浩浩荡荡地驶出科伦港，向圣凯瑟琳岛的方向驶去。

圣凯瑟琳岛位于查格里斯河入海口附近，是西班牙人为巴拿马修建的加勒比海防御工事“波多韦约——圣洛伦索”防线重要的外围防御要塞之一。同样，如果摩根船长打算进攻“波多韦约——圣洛伦索”防线，这里也是最理想的基地。

就在十几年前，圣凯瑟琳岛曾经被一名叫做芒斯威勒的海盗船长攻占过，不过很快就被西班牙人抢了回去，并且在岛上建了更多的要塞和炮台，加强了这座岛的防御。

在抵达圣凯瑟琳岛之前，所有海盗都认为这会是一场艰难的战斗，就连摩根船长也不例外。他命令舰队停泊在圣凯瑟琳岛的炮台射程之外，等待发动进攻的时机。

就在海盗舰队停泊在圣凯瑟琳岛港口外的当天夜里，一艘小船在夜色中从圣凯瑟琳岛的港口出发，向海盗舰队驶来。

负责警戒的海盗很快就发现了这艘小船，大声命令它停下来，否则就要开炮攻击了。小船上的人举起一面白旗在空中摇

着，大声说他们是圣凯瑟琳岛总督派来的使者，希望能见摩根船长。

很快，这几名使者就被带到了摩根船长的旗舰“幸运星”号上——当然，在这之前他们都被彻底搜过身，确定身上没有任何武器。

摩根船长在客厅里接见了这几名使者，当他们走进客厅的

时候，这位海盗船长正在点燃一支雪茄。

摩根船长咬着雪茄吸了一口，然后喷出一股烟雾，他的脸被烟雾挡着看不清楚，但是那双眼睛却在烟雾中闪闪发光，他对那几个西班牙人说："你们要见我？"

其中一个西班牙人看来是这些人的首领，走上一步说："我是圣凯瑟琳岛马拉斯总督的使者，他派我来见摩根船长。"出乎摩根船长的意料，这个西班牙人的英语很流利。

"我就是摩根船长。"透过烟雾，摩根船长紧盯着对方的眼睛，"你们找我有什么事？"

西班牙人说："马拉斯总督希望您能放过圣凯瑟琳岛，当然，我们不会让这些海盗朋友们白来的，我们会付出一大笔赎金——你们开价。"

"真是一个很诱人的建议。"摩根船长嘿嘿笑了几声，

“可惜我不能接受。回去告诉马拉斯总督，我们来圣凯瑟琳岛并不是要劫掠这个城市，而是想把这里当成行动基地——当然是临时的。只要可以安全地在这里停船休息并且补给一些必要的东西，我们就不会对圣凯瑟琳岛做出任何无礼的举动，甚至还可以付一些钱给你们。但是……”说到这里，摩根船长的声音和眼神都变得残忍而冷酷，“如果必要的话，我也会把整座圣凯瑟琳岛夷为平地，并且把这里所有人的脑袋都砍下来。”

摩根船长的话让那些西班牙人噤若寒蝉，唯唯诺诺地答应了之后就匆忙地告辞，乘坐小船离开了。

那些西班牙人离开之后，摩根船长非常高兴地对身边的人说：“看来这次不用打仗了，这可是个好兆头。”

果然，第二天那个西班牙人又回来了，并且带来消息：马拉斯总督同意了摩根船长的建议，同意海盗舰队在圣凯瑟琳岛停泊并进行必要的补给。不过这位总督又提出了一个新的要求：为了对西班牙政府和当地居民有个交代，他希望海盗们对圣凯瑟琳岛发动一场“象征性的进攻”。

摩根船长同意了马拉斯总督的这个提议，并且和总督的使者制定了“进攻”的计划。

第二天正午时分，海盗舰队开始向圣凯瑟琳岛港口进发，港口附近的防御炮台首先开炮，不过炮弹全都落到海盗船附近的海水里去了，海盗船开炮还击，炮弹落在炮台附近的山坡上。这场闹剧持续了大约半小时，海盗船在“枪林弹雨”中冲进了港口，成群结队的海盗跳上岸，占领了圣凯瑟琳岛的各个战略要地。

摩根船长亲自率领一群海盗去“接管”了圣凯瑟琳岛的防御要塞。在近距离看到这座坚固的要塞和里面装备的重型火炮之后，摩根船长不禁暗自庆幸这里的马拉斯总督选择了投降，如果这位总督和那位贝略港的指挥官一样死战到底的话，海盗们就算可以攻克圣凯瑟琳岛也必将付出惨重的代价，这是摩根船长绝对不希望看到的。留下几十名海盗看守防御要塞之后，摩根船长回到城里，到总督府去拜见了那位马拉斯总督，并且以个人的名义私下里送了一笔价值不菲的礼物给他。

由于摩根船长和马拉斯总督的约定，海盗们并没有在圣凯瑟琳岛大肆抢劫，当然一笔足够庞大的赎金还是必须的。圣凯瑟琳岛上的居民虽然被迫缴纳了这笔赎金，不过这些野蛮的海盗们没有在城里杀人放火就让他们很满足了。事后，这一切都被马拉斯总督归功于自己灵活的政治手腕，并且时常拿出来吹嘘。

摩根船长的海盗舰队在圣凯瑟琳岛补给了一些物资，就再次准备出发了。为了保证自己后路的安全，摩根船长在这座岛留下了两条海盗船和一百多名海盗，虽然没有人愿意留在这里而不去参加“伟大的冒险”，不过摩根船长的权威和事后分享战利品的许诺最后还是让他们妥协了。

现在，摩根船长有了一个前哨基地，可以向巴拿马的防御工事发起攻击了。在出发之前，他向所有海盗宣布了这次进攻的目标：巴拿马城。这个超乎想象的“大冒险”让海盗们震惊不已，不过他们坚信战无不胜的摩根船长一定能够带领他们战胜一切，然后带回数不清的战利品。

11 圣洛伦索攻防战

在摩根船长发起攻击之前，我们先来介绍一下巴拿马在加勒比海沿岸的防御工事：波多韦约——圣洛伦索防线。

自从巴拿马城建立起来之后，西班牙人就把这里当成了征服中南美洲及太平洋各个岛屿的前哨基地，与此同时，这里也成为西班牙人把他们从各地掠夺来的金银珠宝运回西班牙本土的转运站。

为了保护这座重要的城市，西班牙人除了在巴拿马城附近建立了许多要塞炮台之外，还在巴拿马地峡靠近加勒比海的那一边修建了一系列的要塞、城堡、高墙和炮台，这就是“波多韦约——圣洛伦索防线”。这条防线的东端是波多韦约城，西端则是圣洛伦索要塞。

波多韦约城是在西班牙人弗朗西斯科·德巴尔韦德和梅尔卡多二人的主持下，于1597年兴建而成，后来这里成为加勒比海沿岸一个重要的航运港口和陆路中转枢纽。为保护新旧大陆之间庞大的远洋贸易及政治利益，西班牙人在这里修建了一整套防御工事。波多韦约防御工事位于波多韦约热带雨林区中，包括环海湾而建的一系列堡垒、要塞和城墙。这些堡垒和要塞分布在港口、山丘和城市的各个角落。

圣洛伦索要塞始建于1564年，1577年完工，最初建造这座要塞的目的就是用来防御海盗袭击的。1659年，三艘法国海盗船曾经攻下了这座堡垒，这些海盗在撤离时用炸药炸毁了这座要塞的一部分。后来西班牙国王菲利普二世下令重建了这座堡垒。要塞的主体由战壕和大型半月堡构成，岩石上架着威力巨大的重型排炮，屹立于查格里斯河口处一座陡峭山崖的顶端，是当时在加勒比海地区最强大的堡垒之一。

摩根船长的计划是乘坐小船沿查格里斯河而上，然后穿过

茂密的丛林抵达巴拿马，这样一来，他就必须攻占扼守着查格里斯河入海口的圣洛伦索要塞，否则根本无法前进一步。

此时驻守在圣洛伦索要塞的是罗迪卡斯特少校和二百名训练

有素的西班牙士兵。罗迪卡斯特少校是一位真正勇敢的军人，即使在看到海面上如同蝗虫群一般的海盗舰队时，他仍然没有丝毫动摇。

摩根船长命令将船队停在要塞排炮的射程之外，然后派几名海盗小船去给罗迪卡斯特少校送了一封信，威胁他马上投降，否则就把这座要塞和里面的西班牙人送到地狱里去。罗迪卡斯特少校对这个威胁嗤之以鼻，把摩根船长的信撕得粉碎，然后把送信海盗的脑袋砍了下来，挂在要塞外面的高墙上。

西班牙人的举动激怒了摩根船长，他立刻下令发起进攻。在船上炮火的掩护下，海盗们登上小艇，疯狂地划动船桨向查格里斯河的河口方向冲过去。圣洛伦索要塞的排炮不时发出震耳欲聋的怒吼，炮弹落在铺散在整个海面上的小艇群中，几乎每一炮都能把一艘小艇送进海底，不过小艇的数量实在是太多了，绝大多数小艇上的海盗还是安全地登上了洛伦索要塞下方的沙滩。海盗们疯狂地向要塞冲过去，但是缺乏攻城武器的他们对要塞的高墙和壕沟毫无办法，西班牙人在墙头不停地向下射击，一次又一次打退了海盗们的进攻。在高墙下面，海盗们留下了许多血肉模糊的尸体。不过因为圣洛伦索要塞的大炮都是朝向海岸方向的，一时无法调头轰击已经登岸的海盗，而步枪的射程又十分有限，所以西班牙人也无法对登岸的海盗造成太多的杀伤。

这种疯狂的进攻一直持续到了夜色降临，枪炮的声音才渐渐稀疏下来。

午夜时分，天空中的星光都被厚厚的云挡住了，天地间都成了一片融为一体的漆黑。在夜色的掩护下，摩根船长命令海盗舰队悄悄驶近圣洛伦索要塞，然后用船上的大炮同时向要塞开火。与此同时，登上岸的海盗们也再次发起了猛攻，举着临时扎成的梯子冲向圣洛伦索要塞的壕沟和高墙。

罗迪卡斯特少校早就在防备着海盗趁夜色发动突袭，所以立刻就开始反击。不过因为此时没有任何光线，炮手只能通过

海面上的黑暗中闪动的炮火光芒来瞄准，想要命中海盗船实在非常困难。不过以海盗船上大炮的火力根本无法对要塞坚固的

石墙造成严重的伤害，只能在上面留下一些深浅不一的凹坑，所以罗迪卡斯特少校并不太担心。

那些从陆地上进攻要塞的海盗一直冲过了壕沟，就在他们把梯子靠在墙上准备向上攀登的时候，墙头上忽然出现了一队西班牙士兵，向下抛出一个又一个熊熊燃烧的火球，这些火球都是将易于燃烧而且不容易熄灭的沥青或者油脂包裹在棕榈叶里制成的，用木棍插在中间点燃之后从墙头上扔下去，对付攀城的敌人非常有效。爬在最前面的海盗被火球击中，身上立刻燃起熊熊大火，惨叫着从梯子上摔下去，同时点燃了更多的海盗。那些人在火中挣扎惨叫的恐怖景象足以让最疯狂的海盗胆寒，他们甚至没有尝试去扑灭同伴身上的火就转身逃走了，只留下一堆仍然在熊熊燃烧的火焰和空气中飘散的焦臭气味。

如果照这样发展下去，罗迪卡斯特少校大概可以能够守住圣洛伦索要塞，阻止摩根船长前进的脚步，不过一个意外把西班牙人此时的大好形势给葬送了。

清晨即将到来的时候，陆地上的海盗们重新整理了队伍，又对圣洛伦索要塞发动了一次攻击，此时要塞外墙下面的火仍然没有熄灭，所以海盗们换了一个攻击的方向。一部分海盗冲上去之后，其他海盗则在后面用火枪向高墙上的西班牙人开火作为掩护。当时火枪的射程和精度都很差，在这种距离上几乎起不到什么作用。西班牙人仍然用火球对付攀墙而上的海盗，同时不停地向墙下的海盗开枪射击。

就在双方交战正酣的时候，一个西班牙士兵被一发不知道从哪里飞来的流弹击中，此时他手中的棍子上正插着一枚点燃的火球要扔下墙头。中弹的西班牙士兵摔倒在墙头上，他手中那颗正在熊熊燃烧的火球正巧落在一堆还没点燃的火球上，立刻燃起了大火。大火引燃了放在附近的火药，发生了剧烈的爆炸，那些燃烧着的火球被炸飞开去，如同雨点般落得到处都是，其中一些就落在要塞里的房屋顶上。要塞里的房屋不少都是用棕榈叶搭成的，立刻燃起了熊熊大火。

看到这种情况，罗迪卡斯特少校急忙安排人手去救火，不过火势实在太猛，很快就蔓延到了附近的房屋，其中一间房屋是圣洛伦索要塞的火药库，着火不久之后就发生了剧烈的爆炸 。

火灾和爆炸使得要塞里的西班牙人人心惶惶，加上不少士兵都被调去救火，城头上的火力立刻削弱了许多。海盗们很快就发现了这个变化，他们的攻击变得更加疯狂。

当清晨的第一缕阳光出现在海面上的时候，一名凶悍的海盗终于登上了圣洛伦索要塞的墙头，接着是第二个、第三个……西班牙士兵不得不和这些亡命徒展开面对面的肉搏。浑身浴血的海盗嚎叫着向西班牙人扑过去，如同一群发狂的野兽，虽然那些西班牙士兵训练有素，仍然无法抵挡这种疯狂的进攻。

登上墙头的海盗踏着西班牙人和自己同伴的尸体杀出一

条血路，终于冲到要塞里放下了吊桥，更多的海盗从吊桥上涌进了还在着火的要塞，他们见人就杀，如一群同来自地狱的恶魔。

西班牙士兵仍然在拼死抵抗，不过他们很快就意识到这种抵抗是徒劳的。大部分西班牙人选择了从要塞的高墙上跳进大海里，他们宁愿死也不想落在海盗手中被折磨。罗迪卡斯特少校在一段狭窄的阶梯上作最后的抵抗，他用佩剑杀死了三个海盗，不幸的是他的佩剑这时却折断了，为了保护自己的尊严，罗迪卡斯特少校用手中的短剑结束了自己的生命。一拥而上的海盗们把这位勇士的头砍了下来，作为向摩根船长邀功请赏的证据。

第二天中午，摩根船长率领的海盗舰队进入了查格里斯河口，此时圣洛伦索要塞中的大火仍然没有熄灭。随着摩根船长一声令下，海盗船上的大炮同时发出轰鸣，连续轰击了近半个小时之后，这座西班牙人曾经引以为傲的要塞终于化作一堆冒着黑烟的废墟。

摧毁圣洛伦索要塞之后，摩根船长已经扫清了进入查格里斯河的所有障碍，现在挡在他和他的海盗大军面前的只有那一大片茂密的雨林了。

12 艰难的行军

摩根船长手下舰队的海盗船吃水都比较深，不适合在查格里斯河里航行，不过这对海盗们来说并不是大问题。摩根船长下令海盗们去河岸附近的茂密雨林里砍倒那些高大的树木，然后使用当地土著人的方法把这些大树做成独木舟。

制造独木舟花了海盗们不少时间，十天之后，180 艘独木舟才全部完成了。

摩根船长留下不到一百人看守停泊在查格里斯河河口附近的海盗船，然后率领另外 1200 多人登上独木舟，开始沿着查格里斯河逆流而上。

一些侥幸从圣洛伦索要塞逃出来的西班牙人把“海盗入侵”的消息带到了附近的西班牙人定居点，这个消息很快就在巴拿马地区传开了。为了保护自己的家园，一些勇敢的西班牙移民者自发组织起来，利用夜色和地形对查格里斯河上的海盗独木舟船队发起偷袭。开始的时候这些袭击者只是几个人开枪骚扰，后来就发展成几十人甚至上百人的伏击战，虽然海盗们每次都能打退这些西班牙人，不过他们的损失也很大。

最严重的一次偷袭发生在摩根船长他们进入查格里斯河的第七天夜里，当时海盗们的独木舟船队正停泊在一处浅滩附近休息，几名西班牙人在夜色的掩护下偷偷混进海盗的营地，在负责运载食物和朗姆酒的那几条独木舟上放了一把火，然后就飞快地溜走了。当海盗们发现的时候，想救火已经来不及了，只能眼睁睁地看着独木舟和上面的补给化为灰烬。

这次袭击烧毁了海盗们携带的百分之八十的食物和几乎全部的朗姆酒，此时摩根船长面临着一个艰难的选择：是冒着饿死的危险继续深入丛林向巴拿马进发，还是掉头顺着查格里斯河回到停泊在河口的海盗船那里再作打算。经过短暂的思考之后，摩根船长命令海盗们继续前进。

两天之后，也就是海盗们进入查格里斯河之后的第十天，摩根船长和他手下的海盗来到了一个叫做加利西亚的西班牙小村庄。从这里再向前的河水实在太浅，连独木舟都无法航行，海盗们只能登岸进入茂密的丛林才能继续前进。

摩根船长原来打算从加利西亚的西班牙人那里抢到一些食物，不过当他率领海盗冲进村子里的时候，却发现村子里的西班牙人早已经不知去向。这里的西班牙人显然是早就得到海盗会来的消息，逃进丛林里避难去了，在逃走的时候，西班牙

人把村子里的每一块肉、每一粒玉米以及其他所有能吃的东西都带走了，只留给海盗们一座空空如也的村子。找不到任何食物的狂怒海盗们放了一把火，将这座小村烧成了灰烬。

虽然此时海盗们的食物已经所剩无几，但摩根船长仍然不打算放弃这次冒险。他命令海盗们把独木舟停泊在一处隐蔽的

水湾里，并且留下一百名海盗负责看守。一旦他们在巴拿马战败，这些独木舟就成为他们唯一可以赖以逃命的工具。

把最后所剩的食物全部带上之后，摩根船长率领一千多名海盗进入了茂密的丛林。

在丛林里，海盗们除了要应付吃人的猛兽、吸血的毒虫和拦路的藤蔓之外，还要提防躲藏在树木阴影中的西班牙人随时会发动的偷袭，不过他们最大的“敌人”却是——饥饿。

进入丛林的第二天，海盗们已经把他们所带的所有粮食都吃完了。此时不是水果成熟的季节，海盗们在雨林里找不到可以充饥的水果，而那些可以吃的野兽也早就被西班牙人驱赶一空，只剩下那些色彩斑斓一看就身怀剧毒的昆虫。

西班牙人仍然不时会对海盗的队伍发起突袭，或者在他们前进的方向上埋设陷阱。这些西班牙人对这片雨林非常熟悉，这让他们无论是进攻还是逃走都占了很大的优势，海盗们虽然人多势众，却也被这种骚扰战术弄得疲惫不堪。

在前进的路上，海盗们曾经发现过几个西班牙人的聚居点，不过当他们兴奋地冲进去寻找粮食时，却总是发现这里连一点面包或者肉末都没有剩下，狂怒的海盗会放火把西班牙人的聚居点烧成灰烬，不过这并不能改变他们越来越饥饿的窘境。

进入雨林之后的第四天夜里，西班牙人又发动了一次突袭，不过这次海盗们的哨兵发现了他们的动静，及时发出了警报。双方在黑暗的丛林中展开了激烈的战斗，因为海盗们在人数和火力方面都占有很大的优势，西班牙人很快就被击退了。已经快要被饥饿折磨得发狂的海盗们争先恐后地冲到那些西班牙人的尸体旁边，希望能从他们身上找到一些可以吃的东西，不过很快他们就彻底失望了——这些死去的西班牙人身上没有任何可以吃的东西，连一颗玉米或者豌豆都没有。看来这些西班牙人的同伴在撤退的时候把尸体上的食物全都带走了，只留下一只瘪瘪的皮袋子。

此时海盗们已经饿得几乎要失去理智了，为了让自己的胃里能有点东西，他们用小刀把从西班牙人身上找到的皮袋子切成长条后放进水里煮，然后就这样把它吞下去。

接下来的几天里，西班牙人没有再次发动袭击，不过海盗们的处境却越来越艰难。除了无时无刻都在刺激着他们神经的饥饿之外，疾病也开始侵袭这支队伍。因为缺乏营养和过度疲劳，不少海盗都发起了高烧，有些人就这样倒在雨林中死去了，有些人则因为跟不上队伍行进的速度掉队之后被猛兽袭击。

此时海盗们已经被这艰难的环境折磨得有些麻木了，他们的心中只有一个念头：前进、前进、前进！冲进巴拿马城，把所有食物和金子都抢过来！

第七天中午，走在最前面的海盗忽然发现身边的树木变得稀疏起来，透过前面的层层叠叠树木，他们隐约看到一片耀眼的碧蓝。

“是大海，大海！”狂喜让这个海盗暂时忘记了疲劳和饥饿，兴奋地大叫起来。其他海盗很快就得到了这个消息，他们大叫着冲出丛林来到大海边，躺倒在沙滩上吹着久违的海风。此时他们已经横穿了整个巴拿马地峡，到达了属于太平洋的巴拿马湾。从这里向南方看去，高大的巴拿马城就矗立在那里。

到了现在，除了巴拿马高大的城墙和驻守在那里的两千四百名西班牙军人之外，海盗们和他们渴望的财宝之间再没有别的障碍了。

13 巴拿马城的毁灭

在丛林里的这几天艰苦的行军让摩根手下的海盗吃尽了苦头，有些海盗在半路上掉队了，有些则已经死在茂密的丛林里。当他们到达巴拿马湾海边的时候，这支海盗部队只剩下八百名仍然具有战斗力的海盗了，而他们的对手却是一支由两千四百名训练有素的西班牙士兵组成的大军。更重要的是，此时的海盗们早已经疲惫不堪，而且饥肠辘辘，而他们的对手却在坚固的巴拿马城后面以逸待劳，这似乎使得胜利的天平更加倾向西班牙人那一边了。当时的巴拿马城内几乎没有人认为这座当时中美洲最大的城市会被一群饿着肚子的海盗攻陷，所以城里的人们仍然继续着自己的生活，没有一点惊慌失措。

当时巴拿马城的城防指挥官是巴尔维德少将，这个骄傲的西班牙军官同样没有把一群饥肠辘辘的海盗放在眼里。从丛林中逃出来的西班牙人早已经把海盗部队即将抵达巴拿马城的消息报告了巴尔维德少将，不过直到自己在望远镜中看到那群像蚂蚁一样乱哄哄的海盗队伍，巴尔维德少将才相信这些家伙真的能穿过茂密的丛林来到巴拿马城下。

确认海盗即将抵达巴拿马城之后，巴尔维德少将的副官曾经建议将军命令部队待在巴拿马城高大而且坚固的城墙后面进行防御，这样那些缺乏食物补给的海盗根本坚持不了多久，他们

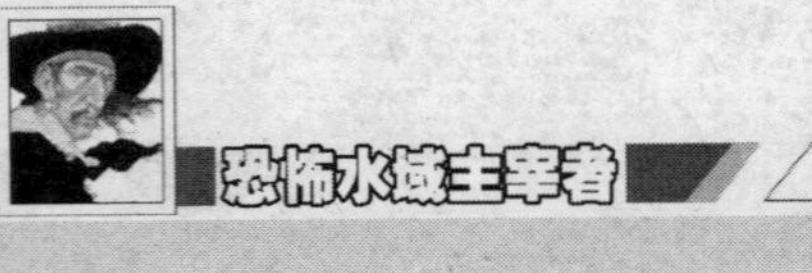

要么撤回丛林，要么就饿死在巴拿马城下，西班牙人甚至不需要开一枪就能取得胜利。巴尔维德少将认为这是懦弱的表现，因此拒绝了副官的建议，他决心率领部队在巴拿马城下摆开阵势，和这些野蛮的海盗来一场面对面的交锋。就在此时，一支船队进入了巴拿马港口，上面装载着近两千头从草原上捕获的野牛，这些野牛原本是要宰杀之后为巴拿马城的居民提供肉食，不过巴尔维德少将却突发奇想，派人强行“征用”了这些体型庞大的动物。

巴尔维德少将计划将这些野牛挡在自己的部队前面，让这些身躯庞大却头脑简单的野兽去打头阵进攻那些野蛮的海盗，他认为这样可以打乱海盗们进攻的阵型，同时减少自己部队的伤亡。虽然有不少人都反对这个计划，不过巴尔维德少将却坚持要这么做。

当摩根船长率领着八百多名饥肠辘辘的海盗来到巴拿马城下的开阔地时，巴尔维德少将和他的西班牙士兵以及那群野牛“部队”已经在巴拿马城下摆好了阵势，严阵以待地等着海盗们发动进攻。

摩根船长没有太多时间制定计划或者什么诡计，他很清楚

每过去一秒钟，他的部队会都变得更加虚弱，所以他立刻发出了命令：“进攻！”

海盗们对这一刻已经等待得太久了，此时他们早已经急不可耐地要冲进巴拿马城抢夺财宝和食物了。随着摩根船长的命令，海盗们发出震耳欲聋的嚎叫，挥舞着武器乱哄哄地向巴拿马城下的西班牙人冲了过去，根本没有什么阵型可言。

看到海盗发动攻击，巴尔维德少将觉得已经是时候了，他命令士兵将驱赶野牛群冲向海盗。不过西班牙人很快就发现，这些庞大的野兽非常难以驾驭，无论他们如何驱赶，野牛们却总是在原地打转，根本没有像巴尔维德少将希望的那样向海盗们发起冲锋。

眼看海盗们越来越近，负责驱赶野牛的西班牙士兵也开始焦躁起来，他们不再只是吆喝和鞭打野牛，也开始用刺刀戳这些野兽。

眼看海盗们进入了大炮的射程，巴尔维德少将命令两翼的炮兵开火，震耳欲聋的炮声立刻响了起来。那些野牛可从来没听过这么惊天动地的声响，被炮声吓到的野牛群就像是在其中倒入了一杯水的油锅，突然炸了开来。受惊的野牛疯了一样成群结队地四散奔逃，根本不管自己冲向的是西班牙人还是海盗。

西班牙人的部队距离野牛群最近，受到的冲击也是最大，那些负责驱赶野牛的西班牙士兵甚至连惨叫声都没来得及发出，就被这些重达数吨的野兽踩在脚下，瞬间就一命呜呼了。野牛群冲进西班牙士兵排列整齐的队伍，在其中纵横驰骋，把挡在牛角前的一切统统撞倒。西班牙人惊慌失措地四处逃窜，被野牛撞飞或者踩死的士兵不计其数。

就在西班牙人被野牛折腾得惨不忍睹的时候，摩根船长率领的海盗赶到了。因为海盗们距离野牛群的距离比较远，受到的冲击也要小得多，而散乱的“阵型”也使得他们能够比较容易地避开野牛的攻击。事实上，这些野牛的肉对海盗们是不小的诱惑，他们趁野牛从身边冲过去的时候开枪把其中一些打倒，准备战斗结束后吃一顿丰盛的牛肉大餐。

当海盗们和西班牙士兵短兵相接的时候，双方的强弱已经差距不是这么大了。西班牙人被野牛群搞得狼狈不堪，不过他们在人数和武器上仍然占据优势，如果及时组织反击的话还可以击退海盗们的攻击，不过此时那些虽然面黄肌瘦却面目狰狞的海盗们让已经惊慌失措的西班牙人吓破了胆，不少西班牙士兵在和海盗面对面地交战之前就转身逃走了。

在野牛横冲直撞的冲击中，巴尔维德少将的胳膊上被野牛角划了一道很深的伤口，他已经在后悔自己这个异想天开的计划了，不过现在显然不是反省的时候。简单包扎过伤口之后，巴尔维德少将开始重整队伍和海盗们战斗，不过他很快就发现，想要在这种混乱的情况下控制住局面几乎是不可能的。

当海盗们冲进混乱的西班牙士兵阵型中之后，血腥的肉搏战开始了。刀光飞舞，鲜血飞溅，伤者的哀号和临死时的惨叫声此起彼伏。虽然西班牙士兵训练有素，却无法抵挡那些野兽般疯狂的海盗，他们的伤亡越来越大，防线也一步步后退。与此相对，海盗们的士气却越来越高涨，鲜血的刺激和即将到

手的财宝让每一个海盗都化身成了“狂战士”，疯狂地挥舞着武器冲向面前的西班牙人。

这场血腥的战斗持续了两个小时，最终西班牙人彻底丧失了战斗的意志，丢下武器四散逃命去了。巴尔维德少将在混战中被一名海盗砍断了握剑的手臂，摔倒在血泊中，幸好被几名卫兵救了下来，把他带回了巴拿马城。摩根船长命令海盗们追击逃窜的西班牙人，一直追到了巴拿马城下才罢休。在这次战斗中，西班牙人在战场上留下了超过六百具尸体，包括被野牛踩死和被海盗杀死的，还有一千多人被海盗们驱赶着逃进了丛林，只有不到八百人逃回了巴拿马城，还大都伤痕累累。

当天晚上，海盗们把那些死掉的野牛扒掉皮，切下大块大块的牛肉放在火上烤，烤肉的香味甚至连巴拿马城里都能闻到。饥肠辘辘的海盗们终于吃上了一顿饱饭，这不但让他们恢复了体力，更使得他们的士气高涨到了极点。唯一美中不足的是，此时的海盗们已经没有他们最喜欢的饮料——朗姆酒了，这让海盗们有些遗憾。

现在巴拿马的守军已经名存实亡，挡在摩根船长和他的海盗部队面前的只有巴拿马城高大而且坚固的城墙了。

在清点西班牙人逃跑时留下的物资时，摩根船长惊喜地发

现了六门仍然可以使用的重型大炮，以及充足的火药和炮弹。这六门大炮本来是放在巴拿马城头用来防御的，巴尔维德少将让人把它们拆下来装上轮子，用来和海盗们作战。在西班牙人撤退的时候，巴尔维德少将本打算点燃火药把大炮炸掉，不过因为当时的情况实在太过混乱，这个命令并没有被执行。现在这些大炮落在摩根船长手里，巴拿马城的末日就要到了。

第二天一早，摩根船长命令海盗们推着大炮来到巴拿马城附近的开阔地上。在城上警戒的哨兵发现了海盗的动静，大声发出了警报。此时巴尔维德少将由于失血过多还处于昏迷中，城里西班牙部队根本没有人指挥，而且他们昨天都被海盗疯狂的进攻吓破了胆，根本不敢出城迎战。而且由于没有了重型大炮，西班牙士兵只能在城头上向远处的海盗们开枪射击，根本无法对海盗们构成什么威胁。

摩根船长命令海盗们把大炮架起来，瞄准巴拿马城的城墙开炮。因为海盗们不太会使用这种大炮，试射了好几次才调整

好角度和火药的用量，不过接下来的事情就简单多了，六门大炮轮番开火，炮弹不停地落在巴拿马城的城墙上。开始的时候，炮弹对城墙造成的损伤十分有限，

不过随着时间的推移，一个接一个炮弹落在那段城墙附近，坚固的城墙上开始出现凹坑和裂痕，并且越来越大。

经过两个小时的炮击之后，巴拿马城的城墙终于坚持不住，被炮弹炸开了一个缺口，早已等得不耐烦的海盗们立刻冲了上去，他们大叫着从城墙的豁口里冲进去。西班牙士兵从城里各处赶来，和海盗们展开了激烈的战斗。

在对财宝的渴望刺激下，每一个海盗都成了最勇猛的战士，而那些西班牙士兵显然还没从昨天的惨败中恢复过来，士气十分低落。胜利的天平很快就开始向海盗一边倾斜，西班牙

士兵死伤惨重，开始节节后退。很快，战火就延伸到了巴拿马城内的大街小巷，海盗们追赶着逃窜的西班牙士兵，在城里肆无忌惮地横行，可怜的巴拿马市民现在唯一能做的就是关紧自家的门窗，躲在角落里祈祷这一切只是虚幻的梦境。

最终，守城的西班牙部队被海盗们彻底击溃了，在战斗中幸存下来的一部分西班牙士兵打开城门逃了出去，躲进了茂密的丛林，另外还有一些脱下军装躲进了居民家里。

控制了整座城市之后，海盗们开始了他们最喜欢的行动：抢劫、威胁和勒索。每一户人家、每一间店铺或者教堂都不能幸免于难，那些野蛮的海盗砸开每一扇房门，把所有值钱的东西都装进口袋带走，还对主人严刑拷打，逼问所有财宝埋藏的地方。

这样野蛮的抢劫持续了两个星期，此时海盗们已经几乎把富庶的巴拿马城搜刮一空了。

在这段时间，摩根船长一直在担心那些逃进了丛林的西班牙人重新组织起来发动反攻，为了让手下的海盗们保持清醒能够随时战斗，摩根船长编造了一个谎言，说巴拿马人在所有的酒里都下了毒，

所有喝酒的人都会死。这个谎言非常有效，海盗们谁也不想拿自己的命开玩笑——特别是有这么多战利品等他们带回去享用的时候，所以他们只能看着酒瓶干瞪眼，这让他们一直保持着清醒。不过最终那些逃走的西班牙人并没有发动反击，也许他们已经被海盗吓破了胆，再也不敢面对这些野蛮人了。

在海盗们占领巴拿马城的第三周，一些巴拿马城的居民再也无法忍受海盗们的压迫，他们密谋发动了一次反击，希望能够把这些暴徒赶出自己的城市去。虽然这些巴拿马人非常勇敢，不过他们显然低估了对手的野蛮和残暴。这次进攻很快就被海盗击溃了，大多数参加攻击的人都被杀死了。

巴拿马居民的反抗激怒了摩根船长，他做出了一个令人毛骨悚然的决定：不再向巴拿马城勒索赎金，而是要让这座城市彻底消失。

在摩根船长的命令下，海盗们把所有战利品驮在175头牲口的背上，然后开始在巴拿马城四处放火。直到火势已经无法控制，这些暴徒才赶着牲口浩浩荡荡地离开巴拿马城。

海盗们离开之后，大火一直烧了足有一个星期，最后只留下一片废墟。后来幸存的巴拿马人在这片废墟附近重新建立了城市，并且把这片废墟保留至今，这就是今天巴拿马市的旧城区遗址。

摩根船长率领海盗们沿着来路穿过丛林回到他们停船的地方，这一路都非常顺利。他们把金银财宝装上独木舟，然后顺流而下回到海盗船停泊的地方。他们在查格里斯河口附近的沙滩上瓜分了这笔财宝，摩根船长得到了多少财富无从考证，不过可以肯定的是这一定是一笔天文数字。

14 海盗总督

离开巴拿马之后，摩根船长并没有直接回到皇家港，而是和他的海盗船一起消失了一段时间，后来有人猜测他是去埋藏那笔从巴拿马城抢来的巨额财富去了，不过摩根船长本人一直没有进行过解释。

当摩根船长回到皇家港的时候，在港口上迎接他的并不是鲜花、掌声和欢呼的人群，而是一队荷枪实弹的英国士兵。

为首的英国军官率领士兵登上了摩根船长的海盗船“幸运星”号，向摩根船长和他手下的海盗宣布了一条来自伦敦的命令：因为摩根船长破坏了英国与西班牙之间的友好关系，所以他现在被逮捕了，并且将被送回英国受审。

在摩根船长出发去洗劫巴拿马之前，英国已经在和西班牙的较量中取得了优势，经过一番谈判，英国国王查理二世同西班牙政府签署了和平协议。摩根船长在巴拿马的暴行传到西班牙国内之后，西班牙国王大为震怒，立刻给英国政府写了一封措辞严厉的信，对他们纵容海盗的行径提出了强烈抗议，并要求英国政府将摩根船长送到西班牙受审。出于政治上的考虑，英国政府认为应该给西班牙人一个交代，不过他们并不打算把摩根船长送到西班牙受审，只是说将会逮捕摩根船长，并把他带到伦敦接受公正的审判。

得知摩根船长被“逮捕”的消息，“幸运星”号上的海盗们都非常激动，他们认为自己的船长一直在“为大英帝国而战”，现在却被大英帝国政府逮捕，这让他们觉得是被背叛了。

比起激动的船员，摩根船长要冷静得多。对于这个“逮捕令”，他并没有表示任何不满，而且阻止了激动的船员与英军士兵发生冲突，然后对那个英国军官说自己会配合他的工作，并且友好地留军官和他手下的士兵在自己的海盗船上吃晚餐。

摩根船长和英国军官在船长室里共进晚餐，当时发生了什么事情没有其他人知道。但是这次晚餐过后，军官对摩根船长的态度明显友善了许多，甚至有些像相识多年的老朋友了。军

官自我介绍说自己叫梅罗斯，军衔是中校。

除了逮捕摩根船长之外，梅罗斯中校这次来到皇家港的目的还有一个，那就是逮捕皇家港的总督托马斯·莫蒂福德，西班牙人的抗议信里也提到这位皇家港总督，称他纵容海盗行凶，并且从海盗那里收受巨额贿赂，所以英国政府决定解除莫蒂福德总督的职务，并且把他同摩根船长一起带回伦敦接受审判。

经过一番交涉之后，梅罗斯中校同意摩根船长乘坐自己的船回伦敦，当然他和他的士兵以及另外一名犯人莫蒂福德总督也会乘坐这条船同行。

不久之后，“幸运星”号载着它的乘客离开了皇家港，穿过大西洋向伦敦的方向驶去。一路上，摩根船长就像是一位好客的主人，让梅罗斯中校和莫蒂福德总督在船上过着悠闲的生活，一路悠哉游哉如同在度假一般。

“幸运星”号抵达伦敦港口之后，摩根船长和莫蒂福德总督并没有被送进监狱，而是像其他人一样可以自由行动。莫蒂福德总督回到自己在伦敦的家，并且盛情邀请摩根船长到他家同住，却被摩根船长委婉地拒绝了。在城里转了半天之后，摩根船长在伦敦市中心买了一套装饰豪华的大房子，当天晚上就住了进去。接下的这段时间，摩根船长接到了不少的邀请，上流社会的贵族、成功的商人以及手握兵权的将军都很乐意邀请这位海盗船长到自己家去做客，摩根船长也非常愿意接受，并且每次都会送给主人一份令人满意的小礼物。那些好客的主人和他们家的贵妇很乐意听摩根船长绘声绘色地讲述自己是如何潜入西班牙人的港口或者在海上占领西班牙人的运宝船，并且在适当的时候发出兴奋的惊呼。很快，摩根船长就成了伦敦城里最受欢迎的人，他被看做大英帝国的英雄，与邪恶的西班牙人抗争的斗士。

一个月之后，摩根船长的案子在伦敦皇家法庭开庭，主持这次审判的大法官也曾经邀请摩根船长去他家做过客，他们还一起品尝了法官夫人亲手烹饪的美食。在法庭上，摩根船长对自己的海盗行为“供认不讳”，不过他说自己这样做都是为了英国的利益，他还说自己一直希望能够加入英国海军和西班牙人面对面当时的社会舆论一边倒地支持这位“加勒

orth
erica
Gulf
of Mexico

比英雄”，一些报纸上甚至将他写成大英帝国的栋梁，摩根船长在普通市民中也拥有很高的声望，不少男孩都以他为自己的榜样 。

经过几天“走过场式”的审判之后，陪审团一致决定判决摩根船长无罪。至于莫蒂福德总督，他并没有经过公开的审判，只是被解除了总督的职务，留在伦敦过着富有而平静的生活 。

被判无罪之后的第三天，一辆豪华的马车停在了摩根船长家的大门口，一位使者为摩根船长带来了英国国王查理二世的邀请。受宠若惊的摩根船长立刻随使者登上了马车。

马车将摩根船长带到了白金汉宫，查理二世在自己的书房里接见了这位海盗船长。

这次会面的气氛非常愉快。查理二世对加勒比海地区的风土人情很感兴趣，问了很多关于这方面的问题，摩根船长也都据实回答了。当谈到加勒比地区海盗猖獗的情况时，查理二世皱起眉头，说最近接到很多英国商船被海盗打劫的报道，向摩根船长有什么好办法。

对于这个问题，摩根船长提出了几条建议，包括为海盗提供合适的工作，加强对船只补给的管理等等。查理二世听得连连点头，看起来对这个海盗船长的建议非常感兴趣。

摩根船长趁机毛遂自荐，说自己可以出任牙买加的总督，为大英帝国清缴加勒比海地区的海盗。这是一个大胆的建议。摩根船长对查理二世说：“恐怕没有人比我更适合担当牙买加的总督，并且把皇家港这座‘海盗港口’导向正轨了。”对于这个建议，查理二世表示会考虑一下。

出于和西班牙维持良好关系的考虑，查理二世最终还是拒绝了摩根船长的建议，委派了一个叫做沃特的人接替莫蒂福德担任牙买加的总督。

接下来的四年里，摩根船长在伦敦过着悠闲而平静的上流社会生活，他卖掉了自己的海盗船，还给了每个船员一大笔钱，让他们在伦敦过着富足的生活。1673 年，亨利·摩根船长被查理二世封为男爵。

1674年春天，查理二世又一次派遣使者邀请摩根船长来到白金汉宫。

当摩根船长见到查理二世的时候，这位英国国王的心情显然并不太好。简单的寒暄之后，查理二世递给摩根船长一份报告。

这份报告来自加勒比海皇家港的沃特总督，上面说最近三个月之内共有十五艘由皇家港开往伦敦的船只被海盗袭击，总共损失了价值数十万英镑的货物，还有十几名水手在海盗的袭击中丧生。

看完报告之后，摩根船长说："在我离开的这段时间，加勒比海地区的海盗似乎并没有减少啊，看来这位沃特总督并不太会对付海盗。"

查理二世皱着眉头说："这些海盗已经威胁到大英帝国的利益，已经无法再这样任由他们嚣张下去了。"说到这里，他盯着摩根船长的眼睛，"过去你曾经说过，你可以为国家解决这些加勒比海的海盗，我想知道的是，这个承诺现在还有效吗？”

摩根船长肯定地点了点头：“当然有效，能够为大英帝国效力是我最大的荣幸。”

查理二世对这个回答很满意，点头说：“很好，帝国的繁荣需要你这样的勇士来支撑。我任命你为牙买加副总督，英国海军上将，率领一支舰队去加勒比地区执行剿灭海盗的任务，维护大英帝国在那里的利益。”

摩根船长重重地点了点头：“遵命！”

当摩根船长从伦敦出发前往加勒比海的时候，他已经是“摩根总督”了，而且和过去那个有名无实的“海军中将”不同，晋升为海军上将的摩根船长现在指挥着由五艘英国战舰组成的舰队，浩浩荡荡地向加勒比海驶去。

15 清剿海盗

摩根总督的舰队驶入皇家港的港口之后不久，“摩根船长回到加勒比海担任牙买加副总督”的消息很快就传遍了加勒比海地区的每一个角落。那些曾经追随摩根船长攻打贝略港和巴拿马城的海盗们都雀跃不已，认为他们的好日子又要来了，而那些刚“入行”不久的新海盗都希望能够瞻仰一下这位几乎已经成为传奇的海盗船长的风采。

自从巴拿马被摩根船长付之一炬之后，西班牙人花巨资加强了各个殖民地城市的防御，并且派出舰队对加勒比地区的海盗进行清剿，与此同时，其他饱受海盗之苦的国家也加强了对海盗的打击力度，因此海盗们的生存空间已经越来越狭窄了。为了能够抢到足够他们挥霍的金钱，加勒比地区海盗的行为变得越来越疯狂，他们已经完全不管自己的目标悬挂着哪国的国旗，只要是被他们盯上的船只都难逃厄运。

回到皇家港之后不久，摩根总督就以牙买加副总督的身份邀请加勒比地区所有的海盗船长来皇家港开会。因为这时已经有传言说摩根总督回来是为了剿灭海盗，所以那些狡猾的海盗船长都心存顾虑，大多数人都没有亲自前来，而是派手下的人来参加这次会议。

事实上，摩根总督并没有在这次会议上把所有海盗头目一网打尽的计划，他很清楚就算杀死了这些海盗船长，那些海盗团伙

很快就会推举出一个新的船长来，加勒比海上的海盗行为并不会因为几个海盗船长的死而销声匿迹。

在自己官邸的大会客厅里，摩根总督对前来参加会议的海盗们说，可以肆无忌惮地抢劫的时代已经过去了，大英帝国政府打算在加勒比海地区建立有秩序的贸易体系，所以希望海盗们能够终止目前的海盗行为。

摩根总督的话引起一片哗然，虽然早有耳闻，不过海盗们实在很难相信这位加勒比海的“海盗之王”会让大家停止海盗行为。

“如果不去抢劫船只，我们要靠什么生活下去？”有人大声问，其他人也纷纷附和，这是所有人都关心的问题。

摩根总督对海盗们说：“你们都是最棒的水手，勇敢而且强壮，航海技术也是一流的，我想你们在那些人手紧缺的商船上找份工作并不难。另外，对于每个愿意停止劫掠行为的海盗，牙买加政府会发给他一笔钱作为补助，如果有人打算自己做生意的话，政府还可以提供给他一笔无息贷款。”

这个条件让在场的不少人都有些心动，不过这些人并不能为自己所属的海盗团伙做出决定，所以他们只能把摩根总督的话转达回去，由船长和所有海盗一同决定是不是接受牙买加政府提出的条件。

很快，摩根总督的计划就开始起作用了，不少海盗团伙都赶来皇家港，向英国政府以及摩根总督本人投降。摩根总督兑现了自己的承诺，发给每一名“退休”的海盗一笔丰厚的费用，并且由政府出面帮助他们在贸易公司的船队中找到合适的工作。

正如摩根总督所说的，虽然这些海盗粗鲁而野蛮，不过他们的确都是经验丰富的勇敢水手，那些商船的船长也会愿意雇佣这样的人，但在开始的时候还是有必要防备一下的。一些海盗船长大都接受了殖民地政府的贷款，开始做一些合法的买卖。

当然，并不是所有海盗都愿意接受摩根总督提出的条件向政府妥协，抢劫的刺激和对巨额财富的渴望使得一些亡命徒变得如同追逐血腥味道的鲨鱼，根本不想回到正常的生活中去。他们仍然像幽灵一样游弋在大海上，随时准备向猎物发起攻击。

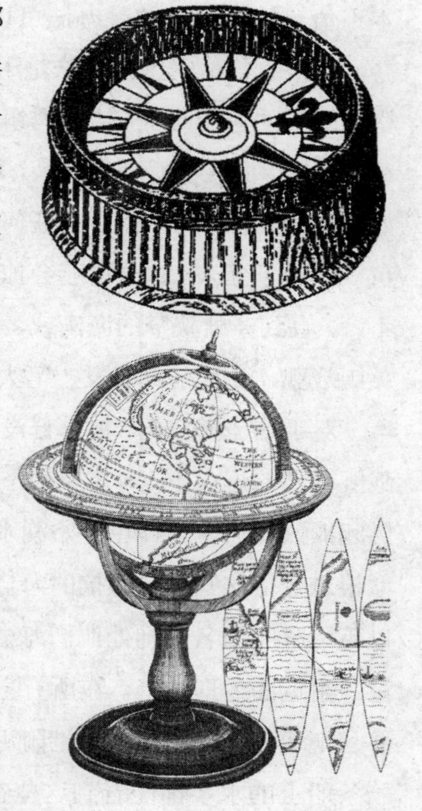

对于这些顽固的海盗，摩根总督决不会心慈手软。他首先颁布了法律，所有被发现敢于收购海盗赃物的交易所以及为海盗船提供补给的商人都会被查封或者取缔，责任人也要被关进大牢。经过几次雷厉风行的执法之后，皇家港以及附近所有英国港口的商人再也不敢和海盗交易，这样就切断了海盗的大部分资金来源，也让他们无法得到充足的补给。

接下来，摩根总督亲自率领舰队对那些仍然负隅顽抗的海盗

进行清剿。

一般来说，海盗船的速度要比海军战舰快一些，也更加灵活，所以海盗船发现自己被军舰追击的时候常常可以从容逃走。不过对于摩根总督这位“海盗之王”来说，这些伎俩根本不值一提，他有的是办法可以收拾这些家伙。

摩根总督最常用的办法是用一艘商船作为诱饵，把海盗船引到战舰的包围圈里。这些诱饵船吃水都很深，看起来似乎满载着货物，而且没有任何武装，这对那些贪婪的海盗来说是最好的猎物，他们几乎不会有任何犹豫，就如同闻到血腥味的鲨鱼一样跟了上来。这时商船会惊慌失措的逃跑，海盗船则紧追不舍，直到一处狭窄的海湾或者满是暗礁的海域，突然出现的英国战舰才让这些打算发一笔大财的海盗明白是怎么回事。

对于这些海盗，摩根总督没有任何怜悯，在英国皇家海军战舰猛烈的炮火下，海盗船用不了多久就会遭到重创，甲板上燃起熊熊烈火，船体也开始漏水倾斜，很快就沉到海底去了。摩根总督把这些负隅顽抗的海盗绑起来带回皇家港进行审判，以英国政府的名义判处他们海盗罪，然后把被俘的海盗扭送到港口附近的绞刑台上，在所有皇家港市民的面前把他们绞死，并且把他们的尸体挂在海港附近的岩石上，让进出皇家港的每一条船上的水手都能看到这些在海风中摇摆的尸体，警告他们：这就是海盗的下场！

在遭受到几次这样的打击之后，皇家港附近的英国海盗意识到这样下去只有死路一条，越来越多的海盗选择了接受摩根总督的条件，回到文明社会过起了诚实的生活，凭借自己的双手赚钱养活自己。

经过摩根总督几年的整顿，加勒比海地区海盗的数量大大减少了，往来于各个岛屿之间的商船不再担心随时会遭到海盗的洗劫，殖民地之间的贸易不但恢复过来，而且越来越繁荣。此时的皇家港不再是一座海盗港口，而是当时英国在美洲最大的城市，每天都有商船从这里出发前往伦敦，也有伦敦的商船进入皇家港的港口。

16 危险的信号

亨利·摩根利用种种手段最终登上了大英帝国驻牙买加总督的宝座，并且让当时肆虐在加勒比海地区的各路海盗势力遭到毁灭性打击，让这片饱受海盗侵扰的海域恢复了平静和安宁，这个功绩让他巩固了自己的地位。对于这位曾经的海盗船长来说，这无疑是他这一生最辉煌的时刻，很少有海盗能够像他一样身居高位大权在握，更何况他还拥有从西班牙人那里劫掠来的无

数财富。事实上，就连摩根总督本人都不清楚自己到底拥有多少钱。当然，摩根总督肯定不会把这些沾着血腥的金银财宝放自己在皇家港的府邸里。在他还是海盗船长的时候，每次劫掠之后他都会驾着小船离开一段时间，也许就是去把从西班牙人那里抢来的金银或者其他宝物埋藏起来，这些埋藏地也许是某个无人小岛的沙滩，也许是某处深不见底的岩洞，还可能只是一小片不起眼的树林……除了摩根船长本人，没有人知道他把那些数量惊人的财富藏在了哪里。

当加勒比海的海盗被消灭得差不多之后，一切渐渐走上了正轨，这片被海盗祸害得满目疮痍的海域终于基本上安全了——虽然仍然偶尔有小股海盗出没，不过已经非常罕见

了。海上贸易再次繁荣起来，越来越多的商船频繁地往来于各个港口之间，一片欣欣向荣的景象。英国国王查理二世对摩根总督的成绩非常满意，派遣使者带来了亲笔信以示嘉奖。

当一切步入正轨之后，摩根总督也开始真正履行自己作为大

英帝国殖民地总督的职责，每天戴着雪白的假发套，穿着整齐的燕尾服和紧身裤坐在总督办公室里签署一份份文件。对于自己的过去，摩根总督显然也觉得并不太光彩，所以他严禁其他人提起自己曾经当过海盗这件事，并且想办法消除了大多数与他有关的官方记录——对于大权在握的总督来说，要做到这一点并不难。

虽然一切都进行得井井有条，不过摩根总督心底始终有一股野蛮的冲动在翻滚着，数十年的海盗生涯已经把一些东西镌刻在摩根总督灵魂最深处，这可不是地位、教养或者其他什么能够改变的。一旦遇到合适的机会，这些隐藏起来的东西就会爆发出来，变成一股吞噬一切的狂暴力量。

1682年7月的一天下午，摩根总督正在百无聊赖地看着桌

上的文件，忽然办公室的大门被推开，侍从进来说有一位客人要求见总督。侍从的话音未落，一个人就从门外冲了进来。

虽然已经几年不见，不过摩根总督还是立刻认出了这位冒失的访客——赛特·巴特洛克，当摩根总督还是海盗船长的时候，赛特一直是他手下的船医，也是他手下最忠实的海盗之一。在摩根船长被“押解”回伦敦受审之后，赛特也留在了伦敦，摩根船长给了他一大笔钱，让赛特在伦敦开了一间相当规模的诊所，从此过上了稳定而且优裕的生活，并且在伦敦娶了一位小商人的女儿为妻，摩根船长还参加了他们的婚礼。当摩根船长出任牙买加总督，率领舰队从伦敦出发前往加勒比海的时候，赛特曾经提出过要登上旗舰和摩根船长同行，不过被摩根船长拒绝了，因为当时赛特的妻子已经怀孕很快就要生产了。

离开伦敦之后，摩根总督再也没有见过赛特，只是偶尔收到他从伦敦寄来的信，从而知道他生活得很幸福。

此时赛特脸色惨白，样子看起来虚弱而且疲惫，不但衣衫褴褛，而且身上还有好几处伤口，虽然伤口已经被简单地包扎过，不过鲜血仍然不停地渗出来，将绷带和周围的衣服都染红了。

摩根总督吃了一惊，站起来向赛特走过去，伸手扶住赛特，问：“发生了什么事？”此时的赛特似乎已经精疲力尽了，只是大口地喘着气，一个字也说不出来。

摩根总督扶着赛特在椅子上坐下，然后挥手命令侍从出去，把房门关好之后，摩根总督从酒柜里拿出威士忌倒了一杯，递到了赛特面前。

赛特接过酒杯一饮而尽，在酒精的作用下，他那苍白的脸上渐渐有了一点血色，又过了一会儿，他才沙哑着嗓子向摩根总督讲述了事情的经过。

不久之前，英国政府决定向皇家港运送一批包括数门最新式大炮在内的武器弹药，用来加强皇家港的防御。负责运送这批武器的是皇家海军所属的大型三桅运输舰“教父”号。在他们离开伦敦港的三天前，“教父”号上的船医不幸在大街上被一匹惊马撞飞了出去，当场就死亡了。就在“教父”号的船长一筹莫展的时候，有人向他推荐了赛特·巴特洛克——当然，其他人只知道医术高超的巴特洛克医生曾经在海船上当过船医，却不知道他所服务的是海盗船。接到邀请之后，赛特很高兴地接受了，主要原因是他很乐意去皇家港拜访一下许久不见的老船长。

在一个风和日丽的下午，“教父”号和护航的“闪电”号双桅战舰从伦敦港出发了。接下来的一段时间，他们的航行一直非常顺利，不过赛特心中却总有一种不安的感觉。就在他们横穿了整个大西洋进入了加勒比海地区之后的一个深夜，灾难突然降临了。

当时赛特正在甲板上散步，忽然注意到不远处的海面上出现了一个庞大的黑影，并且正在快速地向“教父”号靠近。作为一名前海盗，赛特对这种趁着夜色发动突袭的战术非常熟悉，所以他几乎是立刻就判断那是一条海盗船，接下来他的反应就是高声发出警报：“海盗袭击！海盗袭击！”

刚喊了两声，两名英国皇家海军士兵就不知道从哪里跳了出来，快步向赛特走来。赛特开始以为是自己的警报产生了效果，不过很快就意识到不对劲，那两个士兵越走越快，而且把佩刀从刀鞘里拔了出来，一副杀气腾腾的样子。赛特忽然明白，这两个人是要把自己置于死地，大惊之下转身就跑，那两个士兵则挥舞着短刀在后面紧追，有几次他们的刀都碰到了赛特，在他身上留下一道道伤口，所幸都没有伤到要害。

就在赛特逃命的工夫，那艘海盗船已经来到“教父”号旁边，船上突然亮起一团团明亮的火焰，一大群海盗同时发出

震耳欲聋的吼声，纷纷抓住绳索跳到了“教父”号的甲板上。

此时大部分水兵才从睡梦中惊醒，睡眼惺忪的他们甚至来不及穿上衣服就冲上了甲板，和海盗们展开了搏斗，枪声和喊杀声响成一片。不过奇怪的是，有一部分水兵却并不同海盗战斗，而是帮助海盗攻击自己的同伴，这使得水兵们的处境变得更加不利。

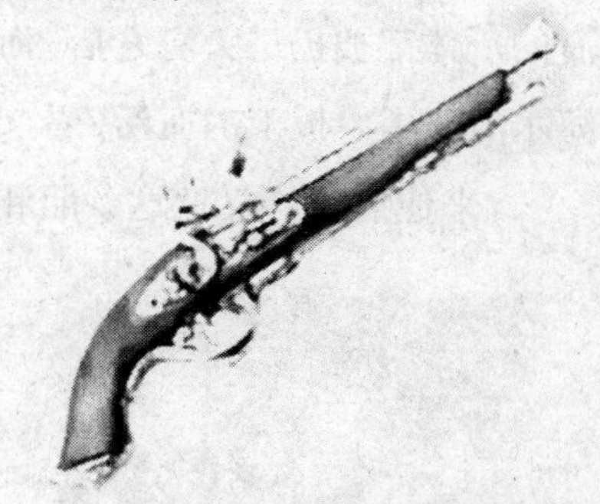

在这片可怕的混乱中，追杀赛特的那两个水兵不知道被人流冲哪里去了，赛特这才得以脱身，躲进摆放在甲板上的一只空木桶里，观察着周围的情况。

因为遭到突袭而且敌友难辨，水兵们的形势越来越糟，很多人都被杀死了，另一些则受伤失去了战斗能力，甲板上变成了血腥的地狱，伤者的惨叫声令整个夜空颤抖。

最终，海盗和那些叛变的水兵完全取得了胜利，抵抗者或死或伤，还活着的都被解除了武装绑了起来。在这个过程中，跟随在“教父”号后面不远的护航舰“闪电”号始终没有靠近，更没有发过一炮。

最初赛特希望这些海盗只是为了船上的金钱和货物，等他们得到了想要的东西之后就会离开，不过很快他就发现自己错了。在叛变水兵的帮助下，海盗在俘虏中轻易地找到了那几名随船的武器工程师，强行把他们带回海盗船上，接着，海盗就开始了残忍的屠杀，他们用短刀挨个把俘虏的喉管割开，然后把他们扔进海里，就连船上的厨子也不能幸免。即使在海盗行为最猖獗的那些年，这种残忍的行为也非常少见。

赛特很清楚自己如果被那些人发现只有死路一条，所以他始终没有发出任何声音，那些海盗挨个船舱搜寻漏网的人，却没有想到有人会躲在甲板上的木桶里，所以他们一直没有发现赛特。

所有的尸体都被扔进大海之后，海盗们用海水清洗了甲板上的血污，看起来他们是打算把这条船和上面的货物一同据为己有了。接下来，被海盗占领的“教父”号改变了航向，向西南方驶去，那条海盗船紧随其后，“闪电”号仍然默默地跟随着，好像什么都没有发生过一样。

赛特知道自己如果还留在船上，天亮之后肯定会被这些人发现，到时候仍然难逃一死，所以他在天亮之前找了个机会跳

进了海里。在冰冷的海水里漂浮了几个小时之后，一艘渔船发现了已经快昏迷的赛特并将他救了上去。恢复意识之后，赛特让渔船把他送到了皇家港，然后直接来到了总督府。直到见到摩根总督，赛特紧绷的神经才终于松弛了一点。

听完赛特的叙述，摩根总督低头思索了一会儿，然后抬起头，郑重地对赛特说："你能活下来，很好，很好。这件事情我会处理，我发誓，要让那些狂妄的家伙为自己的行为付出代价，很快。"接着，摩根总督叫侍从进来，让他带赛特去房间休息。

因为过度疲惫，赛特连衣服都没脱就躺倒在床上，随即就睡着了。

当赛特被人推醒的时候，他朦朦胧胧地看到一个头戴船长帽、身材高大的人站在床边，恍惚之间，他觉得好像自己仍然是在海盗船上做船医，立刻从床上翻身跳了下来，大声说："对不起，船长！"

一直有力的手按在赛特肩上，"别紧张，我现在并不是船长，你也不是在海盗船上。"

赛特愣了一下，这才回过神来，此时他才看到摩根总督站

在自己面前，不过此时的总督并没有戴假发，也没有穿正式的服装，而是穿了一身看起来有些破旧却华丽得夸张的衣服，还戴了一顶三角帽，这身打扮就像是过去他当海盗船长时穿得一样。

赛特“嘿嘿”笑了两声，不知道该说什么，摩根总督对他说：“现在是晚饭的时间，本来我应该在总督府的餐厅里邀请你共进晚餐的，不过时间紧急，我需要你跟我去见几个人 。”

“没问题，船长！”赛特大声回答。他已经快五十岁了，不过此时却觉得自己好像是二十出头的年轻小伙子一样。

“很好。”摩根总督点了点头，“记住，从现在开始我不是牙买加的总督，而是船长，摩根船长。”

赛特立刻回答："是，摩根船长！"

他们离开总督府的时候没有惊动任何人，摩根船长也没有带其他的随从。穿过几条黑暗的街巷之后，赛特发现自己来到了一条繁华热闹的大街上。这里的街边都是大大小小的酒馆，朗姆酒的香气在空气中飘荡。

摩根船长带着赛特走进了一家看起来很平常的酒馆，然后径直穿过酒馆的大厅，来到一处包厢门前推门走了进去。

包厢里的空间比赛特料想的要大得多，和外面的大厅几乎差不多大，里面散乱地摆放着几张圆桌和十几把椅子，当摩根船长和赛特进去的时候，有七八个人正围在一张圆桌边喝酒。见到摩根船长进来，那几个人都站起来问候："你好，船长。"

摩根船长点了点头作为回答，说："那两个人呢？"

有人指着旁边的地板上："就在那里。"顺着他手指的方向看去，赛特这才注意到地板上并排躺着两个被五花大绑的人，嘴里还塞着破布。

摩根船长转向赛特，说："去看看这两个人。"

赛特走到那两个人身边，有人拿过一支火把为他照亮。那两个人显然吃了不少苦头，脸已经被打得有些变形，不过赛特还是立刻认出其中一个正是当时血洗"教

父”号的海盗之一，他的脸上有一道长长的刀疤，会让所有见过的人印象深刻。

赛特指着那个人说：“他就是那些抢劫‘教父’号的海盗其中之一。”

“很好。”摩根船长略一示意，一名高大的黑人立刻把那名海盗提起来按在桌子上。摩根船长拉了一把椅子坐在那名海盗面前不远的地方，悠闲地点燃了一支雪茄，这才问道：“说吧，你们是什么人？”有人把那名海盗嘴里的破布拽了出来，让他可以回答摩根船长的问题。

那名海盗嘶哑着声音说：“杀了我吧，看我会不会求饶！”

“我也许会杀了你，也许不会。”摩根船长仍然非常悠闲，似乎一点也不着急，“不过如果你不回答我的问题，后果会非常严重。”

那名海盗还想说什么，不过话还没出口就变成了惨叫——旁边的那个黑人用一把锋利的短刀将他左手的大拇指切了下来。

摩根船长皱了皱眉头，对那个黑人说：“布鲁斯，‘太’干脆了。”

那个被称为“布鲁斯”的黑人咧开嘴一笑，露出两排雪

白的牙齿，说："我明白了，船长。"接着，布鲁斯招呼旁边另外一个人过来帮忙按住那名海盗，自己则抓住海盗的左手按在桌子上，用短刀从食指开始一个指节一个指节地切下去，他干得非常细致而且耐心，好像非常享受这个工作。

那名海盗开始还不停地发出惨叫，不过当布鲁斯切到无名指的时候，他就已经口吐白沫晕了过去，此时那张圆桌上已经满是鲜血了。

摩根船长皱了皱眉头，说："问问另外那个，看看他是不是好'沟通'一些。"

另外那名海盗已经被吓破了胆，根本不用用刑，他就把一切都说了出来。原来这些人只是一群亡命徒和无赖，来自加勒比海地区各个港口，不久之前有人花高价雇佣了他们，将他们

集中在一条船上出海去洗劫了“教父”号。成功抢到船之后，大部分人都拿着钱被遣散了，只有包括这两个人在内的十几个人留了下来，雇主另外付给他们一笔钱，要求他们分别将信交给英国、法国、西班牙、荷兰等国家各个殖民地的总督。除此之外，他们就什么都不知道了。

这个海盗的回答让所有人都感到十分意外，特别是摩根船长，早知道是这样，他只要坐在总督办公室里等着就好了，根本不必这么麻烦。

那封信很快就从那个晕倒的海盗身上搜了出来，上面写的话很简单也很直接：“我们有一批英国最先进的武器以及制造这些武器的技术资料，打算卖给出价最高的人。如果有意购买，请于7月30日中午乘船抵达太子港西南方五十海里处，我们会派人接待。”信的最后没有署名。7月30日就是四天之后。

赛特有些奇怪：“他们是从英国皇家海军手里抢到的那些东西，为什么还会给英国总督送来这样的信？”

摩根船长冷笑一声，说：“这些无赖只在意买家出的价格，根本不在乎是法国人买走还是英国人自己买回去。事实上，为了保住机密不被泄漏，英国政府应该很乐意出这笔钱的 。”

赛特觉得很有道理，又问：“我们要怎么做？通知皇家海军吗？ ”

“不。”出乎赛特的意料，摩根船长摇了摇头，“皇家港附近现在并没有驻扎皇家海军的舰队，而且我也不希望惊动他们。这件事我打算自己来解决，要让那些不知道天高地厚的家伙们知道谁才是这片海域的主宰！”说到最后，摩根船长眼中闪动着带着杀气的寒光。

没错，他还是摩根船长，可怕的海盗之王摩根船长——赛特心想。

17 直属海盗

对于那两个倒霉的“海盗”，摩根船长和其他人都不会有任何的仁慈，在把他们知道的每点信息都榨取干净之后，摩根船长毫不犹豫地命令那个叫布鲁斯的黑人割断了他们的喉咙。接下来，有人打开门出去叫来了几名侍者。这些侍者对尸体和满地的鲜血似乎见怪不怪，没有任何恐惧或者惊讶，立刻开始了打扫的工作。过了一会儿，有人敲门送来了两只巨大的箱子，侍者们把尸体和用来擦拭血迹的破布都扔了进去。

摩根船长扔给侍者每人一枚金币，然后让自己的手下抬起箱子走了出去。有两辆马车等在门外，摩根船长邀请赛特坐上其中一辆，其他人则把箱子装在后面的一辆马车上，然后也坐了上去。

在黑暗的掩护下，这几辆马车不紧不慢地离开了皇家港，没有遇到任何的麻烦。经过一处海边悬崖的时候，马车停了下来。后面那辆马车上的人将箱子抬起来放下马车，从附近找了许多沉重的大石块装进箱子里，然后将箱子锁好，吆喝一声使劲扔下了悬崖，过了十几秒钟之后，悬崖下面才传来沉重的落水声。毫无疑问，这两只装满了石块的箱子将会沉入海底，如果运气好的话，几百年后的考古学家也许会发现它们，然后为此大伤脑筋。

处理完尸体之后，马车开始继续前进。此时天已经完全黑了，只有朦胧的月光照下来，马车在黑暗中飞速地疾驰，好像要冲进地狱里似的。

疾驰了大约一个小时之后，马车停了下来，布鲁斯走过来拉开马车的车门，赛特首先跳了下去，然后才是摩根船长。

他们所处的地方是道路的尽头，虽然看不清周围的环境，不过能听到海浪拍击岩石的声音，应该距离海边不远。

布鲁斯点燃了一支火把照亮了周围一小片地方，然后走在前面带路。在一块巨大的岩石后面有一条隐蔽的小路，赛特很怀疑如果再来的话自己能不能找到这条路。

小路非常崎岖，而且是一直向下延伸的，赛特有好几次一脚踩空差点摔倒，幸好都被其他人拉住了。包括摩根船长在内，其他人显然经常走这条路，看起来驾轻就熟。

在黑暗中艰难地前进了半个多小时之后，赛特终于感觉脚下的地势平坦了起来。现在他们所在的位置是一处隐蔽海湾的岸边。虽然赛特不知道摩根船长为什么要把自己带来这里，不过他坚信摩根船长一定有他的用意。

布鲁斯举起手中的火把在空中晃了晃，很快黑暗的海面上也亮起一团火光，一艘小艇从海上行驶过来。

摩根船长和其他人登上小艇之后，小艇向海面上划去。那个叫布鲁斯的强壮黑人觉得小船行驶得太慢，就夺过船桨自己划了起来，这样果然使得小船前进的速度快了许多。

划了一会儿之后，小船停在一艘大船旁边，一行人顺着绳梯爬上了甲板。

高大的桅杆，宽阔的船体，以及那些还在甲板上忙碌的水手，这一切都让赛特感觉是那么的熟悉，就像是回到了过去在海盗船上的日子。

“欢迎回来，我的朋友。”摩根船长微笑着对赛特说，“欢迎回到‘幸运星’号。”

这句话让赛特吃了一惊，要知道“幸运星”号在摩根船长被“押解”回伦敦受审之后就被英国政府没收，然后送到船厂分解拆卸了。

摩根船长解释说，这是一艘新船，为了纪念过去的日子才取了之前那条海盗船的名字。“正如你看到的，这还是一艘海盗船，真正的海盗船。”摩根船长的声音里透出无比的自豪。

虽然加勒比海地区大部分海盗都已经被剿灭了，不过身居高位的摩根总督深知一旦没有了野兔那么猎犬也不会得到主人的赏赐这个道理，所以他并没有把所有的海盗都赶尽杀绝，而是选择了其中一些行事方式不那么残暴，对金钱的贪欲不那么强烈，更重要的是比较容易控制的海盗团伙，把他们留下来当作“野兔”。

从很多方面来说，摩根总督的策略非常成功。在摩根总督的制约下，这些“总督直属海盗”只是截取那些非英国的商船，并且手段也比过去温和得多，一般不会把船上的货物洗劫一空，总会给受害者留下一些，更不会无缘无故地杀人。这些零星的海盗行为并不会对加勒比海地区的海上贸易造成沉重的打击，而他们获得的收益却足够让幕后的主使者——大英帝国的牙买加总督亨利·摩根——得到非常丰厚的“分红”。从某种意义上来说，现在的摩根总督才算是加勒比海地区真正的“海盗之王”。

除此之外，因为海盗没有根除，英国政府每年都会拨下一笔款项和一批武器用来加固皇家港的防御工事，这笔钱自然也有一部分是要落入摩根总督的腰包的。今年英国政府用来加固防御的拨款就用“教父”号运来，都是大英铸币厂出品的真正的金镑。那些海盗抢劫了“教父”号，就相当于把摩根总督到嘴的肥肉硬抢了过去，这如何能让摩根总督不怒火中烧！

这条新的“幸运星”号是一艘“报废”的军舰，至于如何让一艘状态良好的战舰“报废”，那就只有摩根总督才知道了。得到这艘船之后，摩根总督按照之前“幸运星”的样子把它进行了一

番彻底的改装，并且配备更强大的火力和更灵活的风帆，把它变成了一艘可怕的海盗船，然后摩根总督招募了一群绝对效忠于他的水手，付给他们比皇家海军士兵还要优厚的待遇，让他们留在船上随时待命。虽然是海盗船，不过这条船的主要用途并不是抢劫过往的商船，而是被摩根总督用来铲除那些“不希望再见到的人”，或者用来打击关系紧张的殖民地的海上贸易。这些不幸的事件都被受害者归咎于来无影去无踪的海盗，没有人把它们和受人尊敬的“海盗终结者”摩根总督联系起来，甚至没有人知道“幸运星”号这个名字，人们给这条来无影去无踪的海盗船取了个绰号——“死亡之翼”。

此时此刻，这艘“死亡之翼”即将飞出藏身的海湾，出发去向那些敢于挑战摩根总督在加勒比海地区权威的家伙们进行一次残忍的复仇。

“幸运星”号上的补给已经准备齐全，随时可以出海。在第二天清晨的第一缕阳光出现在海面上之前，升着满帆的“幸运星”号已经飞快地行驶在加勒比海上了。

在“幸运星”号的船长室里，摩根船长坐在舒适的船长椅上，皱着眉头看着面前桌上的海图，脸上露出思索的神情。赛特和其他人站在旁边，连大气都不敢喘，生怕打扰了船长的思路。

摩根船长又问了赛特几个问题，包括“教父”号的航线以及遇袭的具体时间，还有赛特落水的时间和获救的地点，在海图上标出了“教父”号遇袭的地方，然后又根据赛特的记忆和当时的风向以及海流标出了海盗们抢到船之后的航线。那两个倒霉的海盗说他们抢到船之后又航行了一整天，这才在一个荒岛的海湾里停泊下来。在海图上看了半天之后，摩根船长先后在几个小岛上画了“×”的符号，最后用圆圈将其中一个圈了起来。

摩根抬起头，用手指着那个被圈起来的小岛说：“是草帽岛，那些家伙应该就躲在这里。”

草帽岛是一处位于牙买加岛东方的一座小岛，因为从海上看过去形状很像一顶草帽而得名，由于它实在太小，很多海图上都没有关于它的记录，不过这里却曾经是海盗和走私者交易的重要“市场之一”，曾经一度非常繁荣，不过由于摩根总督对海盗的大力清剿，草帽岛也迅速冷清了下来，摩根总督曾经派人去那里进行调查，证实那里已经完全荒废了。给摩根总督的那封信上提到让卖主们乘船抵达的地点也在距离草帽岛不远的地方，所以那群海盗把这里作为据点的可能性非常高。

从“幸运星”号现在的位置航行到草帽岛需要大约两天的

时间，摩根船长命令舵手立刻调整航向朝草帽岛的方向驶去。现在摩根船长已经有了一个计划，除了要让这群狂妄的家伙付出惨重的代价，还要从那些打算买赃物的人手里赚一笔钱。这个想法让摩根船长非常兴奋，他站起来走到旁边的酒柜前拿出一瓶酒和几只酒杯，给在场的每一个人倒了一杯，然后举起杯对其他人说："为了大不列颠帝国，干杯！"

其他人虽然有些莫名其妙，不过还是端起了酒杯，"为了大不列颠帝国！"

18 海盗与海军

不知道是不是上帝的眷顾，这一路上的风向都对“幸运星”号的航行非常有利，所以这段行程所用的时间比预料的要少一些，他们只用了一天半的时间就来到了草帽岛附近的海域。

摩根船长来到甲板上，举起望远镜向草帽岛的方向看过去。虽然有树木和礁石遮挡了视线，不过还是能隐约看到海湾里停泊着几艘船，其中那艘桅杆最高的应该就是被劫的“教父”号。

草帽岛实在是太小了，那些人只要站在桅杆的最高处就可以很轻易地观察四周海面的动静——从望远镜里看去，他们正是这么做的。在这种情况下，想在白天靠近这个孤立的小岛而不被发觉根本是不可能的。

摩根船长命令“幸运星”不要改变航向，径直从草帽岛旁边通过，在这之前，他已经命令船上的水手把甲板上的大炮和船体上的炮门都用帆布遮盖起来，使得“幸运星”号看起来就像是一条加勒比海上随处可见的商船一样。

草帽岛海湾里桅杆上的瞭望手显然发现了“幸运星”号，并且向其他人发出了警报，不过见“幸运星”号并没有靠近草帽岛的意思，所以那些人也没有做出什么反应。这让摩根船长多少有些失望，本来他是希望有一两艘船会出来袭击“幸运星”号，这样就可以把它们引到稍远一些的地方消灭，从而

削弱那些人的力量。现在看来这个办法是行不通了。

驶出大概两海里之后，摩根船长命令“幸运星”号行驶到一块礁石后面，然后就在那里停了下来。这是正是草帽岛上观察的死角。

接下来，摩根船长召集了“幸运星”号上所有的人，向他们宣布了自己进攻草帽岛的计划。从一开始，摩根船长就没打算和这些不知道天高地厚的“海盗”妥协，更别说接受他们的条件或者和他们进行谈判了。这位“海盗之王”已经下定决心让这些家伙用鲜血和生命为他们的无礼付出代价了。

按照摩根船长的计划，进攻主要分为两部分：从海湾方向正面进攻的“幸运星”号和从草帽岛另一侧发动袭击的突击队。在攻击开始之前，突击队必须从草帽岛的另一端登岸，穿过整座岛到达敌人的背后，当进攻开始的时候，“幸运星”号会从草帽岛海湾入口附近冲进去，并且开炮吸引敌人的注意力，此时突击队要寻找机会登上敌人的船发动突袭，尽可能摧毁敌人的大炮，然后一直坚持到“幸运星”号靠近支援。

很明显，这是一个大胆甚至是疯狂的计划，随便哪个环节上出点差错都可能全部失败——甚至是更糟。不过对于把冒险当作家常便饭的摩根船长来说，这就已经足够了，而对于摩根船长的手下们而言，船长的话就是绝对命令，只有“服从”一个选择。

摩根船长命令黑人布鲁斯率领突击队。布鲁斯对这个命令非常满意，兴奋地挥舞着拳头，用一种奇怪的语言发出欢呼，这大概是他在非洲时部落中使用的语言。因为对方有三艘船——“教父”号、“闪电”号和那艘不知名的海盗船，所以布鲁斯问摩根船长突击队应该登上哪艘船。摩根船长略一思索，然后回答：“你们的目标是‘闪电’号。”没有人问摩根船长为什么，他的命令就是绝对的权威，其他人只要服从就可以了。

很快，布鲁斯就挑选了二十名水手作为突击队员，他们都是最强壮、勇敢而且对痛苦甚至死亡毫不畏惧的优秀海盗。当天色完全黑下来之后，布鲁斯就率领他的突击队乘坐小艇离开了“幸运星”号，用船桨悄无声

息地向草帽岛的方向划过去。

赛特自告奋勇地要参加突击队，不过被摩根船长坚定地拒绝了，他甚至命令赛特在战斗开始的时候一定要待在船舱里，连甲板都不许上去。这个命令让赛特很有些不满，不过他并不敢当面违抗摩根船长。

在夜幕的掩护下，“幸运星”号从藏身的礁石后面驶出来，在海面上兜了一个圈子，然后向草帽岛的方向驶去。此时的天空中聚集着越来越厚的乌云，看起来就要有一场暴风雨降临了。整个海面上连一丝光线都没有，“幸运星”号就像是一位即将去收割生命的死神，将它那双死亡之翼缓缓张开。

“幸运星”号抵达草帽岛海湾出口附近的时候是夜里十一

点半多一点。海湾里同样一片漆黑，什么也看不到，只是偶尔会有一两点火光一闪而过，也许是负责瞭望的水手点烟时发出的火光。

此时所有的大炮都已经装填就绪，只等摩根船长一声令下，立刻就喷射出死亡的火焰。不过摩根船长并没急着命令发动进攻，而是让“幸运星”号驶入了海湾，尽量靠近自己的

目标。摩根船长站在甲板上，脸上冷冷的没有任何表情，好像一座凝固了的雕塑。

浓重的黑暗掩盖了“幸运星”号的踪迹，海湾里船上的那些人对自己即将的命运茫然不知。直到“幸运星”号靠近到距离那几艘船数十码的时候，那些船上的哨兵才发现了它的踪迹，立刻大声喊叫起来，向所有人发出警报。

就在这时，摩根船长举起手，然后猛地挥了下去，大声吼道：“开炮！”

“开炮！”“开炮！”的吼声在“幸运星”号上来回传递，这个命令立刻就被执行了。炮手们用火把点燃了引线，火星跳动着钻进炮膛，然后大炮们轮番发出令人震耳欲聋的狂吼。炮弹嘶叫着冲出去，转瞬之间就已经击中目标，将坚固的船体撕扯开一处处狰狞的伤口。

虽然被打了个措手不及，不过那些人显然都训练有素并且有一个优秀的领导者，很快就从最初的混乱中恢复过来，并且开始组织起有效的反击。正如摩根船长预料的那样，大多数敌人都集中在“闪电”号上，这条船上反击的火力也是最猛烈的，而其他两条船上只有零星的枪炮声传来。

当第一下炮声响起的时候，布鲁斯和他率领的敢死队已经在“闪电”号下面的海水里等候多时了。他们乘坐的小艇在草帽岛的另一边靠岸，然后布鲁斯带人用不到半小时的时间横穿了这座小岛来到了海湾附近，那些人在海岸上留了两个岗哨，用来监视海岸上的动静。布鲁斯和另外一名海盗分别悄悄潜行到他们的身后，同时猛地窜起来，一手按住他们的嘴巴，另一手则用短刀割断了他们的喉咙。那两个牺牲品甚至连自己是怎么死的都没弄明白，就已经命丧黄泉了。令人有些奇怪的是，这两个哨兵穿的竟然是英国皇家海军的制服，不过对布鲁斯来说，他杀死的是海军还是海盗似乎没有什么区别——这些人是摩根船长的敌人，无论他们是什么人都只有死路一条。

处理掉海岸上的哨兵之后，布鲁斯率领突击队从沙滩上走进冰冷的海水里，悄无声息地游到“闪电”号船舷下，开始等待“幸运星”号发动攻击的炮声。如果是一般人，在这么冷的海水里待上一会儿就会被冻得四肢麻木甚至失去知觉，而布鲁斯和他的突击队员却等了足有半个多小时。

当炮声响起之后，布鲁斯和其他突击队员抛出带着绳索的钩爪抓住“闪电”号的船舷，然后用牙齿咬住短刀，顺着绳索向上爬去。此时“闪电”号上所有人的注意里都集中在正面的“幸运星”号上，根本没有人想到自己的背后正有一群煞星爬了上来。

登上“闪电”号的甲板之后，布鲁斯大步走到一名正在点燃大炮引信的炮手背后，挥刀把他握着火把的手臂砍了下来，连着火把一起落在了甲板上。这个突如其来的变故让那名炮手一时愣在那里，甚至连疼痛都感觉不到，当他反应过来张开嘴正要叫喊的时候，布鲁斯的短刀在他脖子下面一划而过，炮手的头颅就带着定格了的惊恐表情飞了出去。

当时“闪电”号的甲板上本来就非常混乱，往来奔跑的水手们发出各种有意义或者没意义的叫喊声，和枪炮的轰鸣以及甲板碎裂的刺耳声音混杂在一起，加上甲板上弥漫的烟雾和火焰，使得“闪电”号上的那些人过了好一会儿才发现布鲁斯和他的突击队，而此时突击队不但全部登上了“闪电”号的甲板，并且已经杀死了好几名对方的船员了。

这种情况下，“闪电”号上的人不得不分出人手来对付布鲁斯和他的突击队员，此时他们的火枪已经放过一轮，根本来不及重新装

填，只能抽出短刀冲上去和布鲁斯的突击队进行肉搏。这些人都穿着英国皇家海军的制服，训练有素而且装备精良，在人数上更占了很大的优势，所以很快就把布鲁斯的突击队围了起来，布鲁斯和其他人只能背靠背苦苦支撑着。

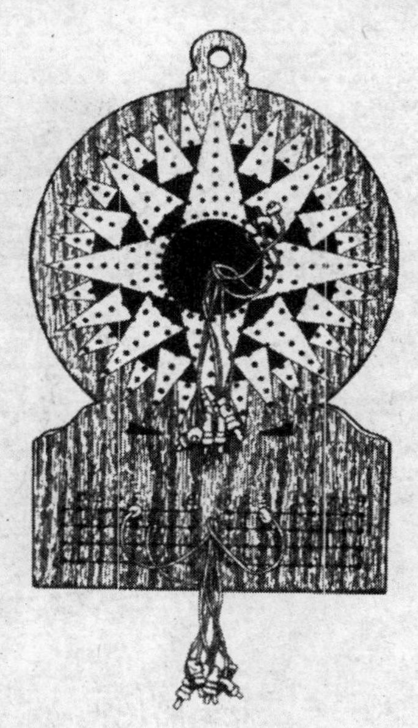

摩根船长一直站在“幸运星”号的甲板上，用望远镜观察着“闪电”号甲板上的动静，当他看到布鲁斯和他的人登上甲板之后，立刻命令加速向“闪

电”号靠过去。

就在这个时候，一枚炮弹落在摩根船长附近的甲板上，剧烈地冲击使得船体猛地颤动了一下，这让摩根船长一下子摔倒在甲板上——也幸好如此，才让他避开了大多数飞射的碎木片，不过还是被一片碎木击中了胳膊，鲜血立刻涌了出来，把上衣的袖子都染红了。

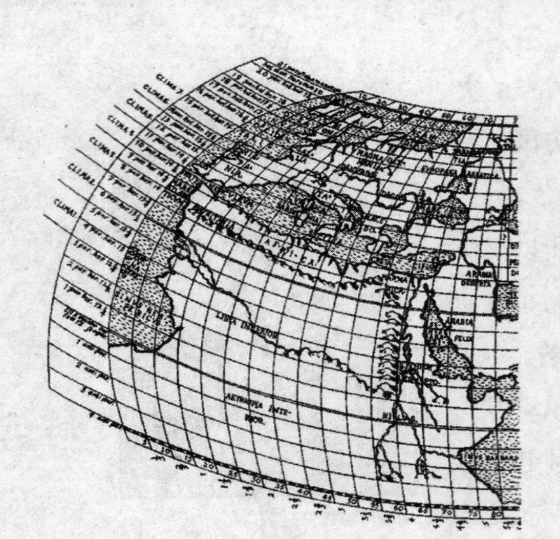
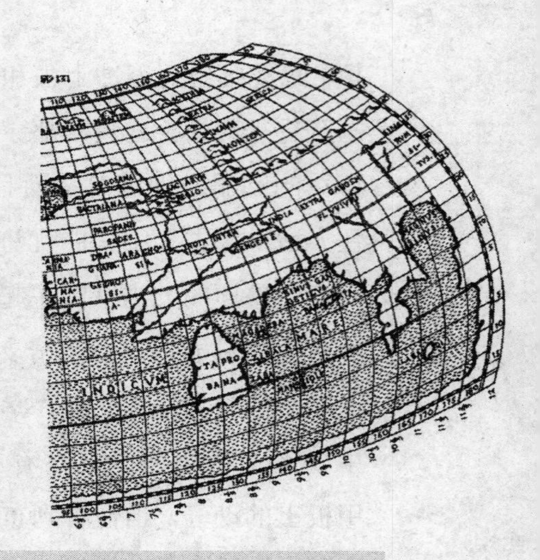

摩根船长咒骂了一声，伸手想去按住伤口，却被一只手阻止了。摩根船长回头看去，发现赛特正蹲在自己身边。迎着摩根船长的视线，赛特笑了笑，说：“这是船医的工作，船长！”接着，他飞快地撕开摩根船长的袖子，小心地将木片拔了出来，然后包扎止血——当时并没有什么有效的消毒措施，会不会感染全凭上帝的安排了。做这一切的时候，赛特的脸色很平静，手也非常稳定，好像周围的枪炮声喊杀声都不存在一样。

摩根船长看着赛特做完这一切，忽然大笑起来，用没受伤的那只手拍着赛特的肩膀大声说：“就像我说过的那样，你是个勇敢的海盗，永远都是！”

这时“幸运星”号的船体又颤动了一下，不过这次并不是被炮弹击中，而是靠上了“闪电”号的船舷。接下来，激烈而残酷的接舷战开始了，刀光和喊杀声响彻夜空，似乎要把黑夜撕碎似的。

“闪电”号上都是训练有素的水兵——至少看起来是水兵，不过摩根船长一方在人数上更占优势，士气也比被偷袭的对方要高。因为对方要对付不断从“幸运星”号上跳过来的人，布鲁斯和他的突击队员们所受到的压力立刻减轻了许多，他们乘机发动了几次突袭，使得“闪电”号上的水兵腹背受敌，一个又一个水兵惨叫着倒在血泊里，局面对摩根船长越来越有利了。

经过将近一小时的搏斗之后，摩根船长的手下已经占领了“闪电”号的甲板，那些水兵退到船舱里做最后的抵抗，他们不停地用火枪向外射击，使得摩根船长的人无法靠近入口，只能也用火枪向里面射击。不过双方都很清楚，“闪电”号被全部占领只是时间问题了。

这时船舱里传来一个声音：“停火，我有话说！”

摩根船长示意其他人停火，然后高声说：“说吧，我听着呢。”

船舱里那人说：“我们是大英帝国皇家海军，你们这些海盗袭击我们，就是与整个大英帝国为敌！”

摩根船长发出一阵轻蔑的笑声，说：“就像你所说的，我们是海盗，真正的海盗。不过像你们这样杀害同胞出卖国家的‘海军’，我想还不如海盗吧？”

船舱里的人好像吃了一惊，问：“你都知道些什么？”说话的声音里透出明显的惊恐。

摩根船长回答：“比你预料得要多。”

船舱里的人沉默了一会儿，这才说：“你们这些海盗想要的不是钱吗？我可以给你们钱，很多的钱！”

“钱？”摩根船长冷笑一声，“等你死了，我可以自己从你的尸体上找到那些钱。”

“你找不到的！”船舱里的声音已经有些疯狂了，“那些钱不在这里！”

“那我会自己去找。”摩根船长已经有些不耐烦了，站在他身边的人也早已跃跃欲试，其中有几个人正在把手雷在手中抛上抛下。在当时，手雷这种武器已经被发明出来了，不过当然没有现代的手雷这么精巧，只是一个铸铁的空心圆球，里面填满了炸药，上面伸出一根引线，为了加强威力，炸药中还混杂有铁钉铁皮或者别的东西，使用的时候只需要点燃引线，然后用力扔出去，“轰”！虽然投掷距离有限，但是杀伤力的确非常大，缺点就是在混战中容易伤及自己的同伴，不过用来对付眼前的局面却是再合适不过了。

就在摩根船长要下令进攻的时候，船舱里传来声嘶力竭的吼声：“决斗，我要求决斗！”

“决斗？”摩根船长皱起眉头，“你凭什么向我提出决斗？”在海盗抢劫的过程中，如果双方实力相差不大，为了避免更大的伤亡，有时候也会用决斗的方式解决——双方各派出一人进行战斗，如果海盗一方输了他们就会离开，相反如果被劫的船一方输了，他们就要交出全部的财宝，比起残酷的炮战或者接舷战来说，这算是一种比较文明的方式。不过此时摩根船长一方已经占据了绝对的优势，他实在不明白对方为什么会天真地认为他还有选择决斗的权力。

船舱里的声音继续传出来：“这里有十二桶火药，如果你不答应决斗，我现在就把它们点着，让咱们大家一起到天堂上去！”

“我还是比较适合去地狱跟魔鬼做伴。”摩根船长低声自言自语了一句，然后提高了声音说：“好吧，我以船长的名义同意你的请求。”虽然不知道船舱里是不是真的有那十二桶火药，不过摩根船长决定还是不要冒这个险。

经过再三确认摩根船长不会反悔之后，几个人从船舱里走了出来。走在最前面的是一名身材瘦削的军官，赛特曾经见过他，知道他是威廉·迪斯卡斯中校，“闪电”号的船长和指挥官。

迪斯卡斯中校傲慢地看着摩根船长，说：“我留下了一个人在船舱里，如果你们不守信用，他就会点燃火药，让你们为我们陪葬！”

摩根船长不屑地说：“海盗船长说出的话就像是钻石一样永恒不变。”

“那样就好！”接着，迪斯卡斯中校指着摩根船长说：“来决斗，老头！”

“不。”摩根船长缓缓摇了摇头，“我同意你提出的决斗请求，可是并没有说‘我’要和你决斗。”说到这里，他提高了声音：“布鲁斯，你和这位军官大人玩玩吧。”

布鲁斯欢快地答应了一声：“如您所愿，船长！”然后跨着大步走到迪斯卡斯中校面前。

站在这个比自己高出半个头的强壮黑人面前，迪斯卡斯中校的气势明显弱了许多，不过事情发展到这个地步，想打退堂鼓已经不可能了。

在周围人一片闹哄哄的声音中，迪斯卡斯中校深吸了一口气，然后从腰间把佩剑拔了出来，剑尖指向布鲁斯，摆出准备攻击的姿势。他的剑上沾满了血迹，显然刚才经过了激烈的战斗。

对于迪斯卡斯中校的架势，布鲁斯先是嗤之以鼻，接着他竟然把手中那柄沾满血的弯刀扔在旁边的甲板上，举起双手向迪斯卡斯中校做了一个“来啊”的手势。

这个动作把迪斯卡斯中校彻底激怒了，他发出一声低吼，挺剑向布鲁斯刺去。布鲁斯飞快地一闪身躲过剑尖的突刺，同时闪电般伸手抓住了迪斯卡斯中校握剑手的腕部使劲向外一拧。迪斯卡斯中校感到手腕一阵剧痛，握剑的手自然松开了，那把剑还没落地，剑柄就被布鲁斯用另一只手抓住，接着就向迪斯卡斯中校的喉咙刺去。

摩根船长突然大叫一声：“停！”随着摩根船长的声音，布鲁斯的动作就像是被定格了一样停了下来，此时剑尖已经在迪斯卡斯中校的喉咙化开了一道口子，一小股鲜血流了出来。可以想象，如果摩根船长晚喊哪怕半秒钟，或者布鲁斯使劲稍微大一点，迪斯卡斯中校的喉咙都已经被刺穿了。

摩根船长对布鲁斯说“我有几个问题要问他，所以现在还需要他活着。”布鲁斯耸了耸肩，对呆在那里的迪斯卡斯中校做了个鬼脸，然后把剑扔在了甲板上。

此时天空中划过一道闪电，接着是隆隆雷声，豆大的雨点掉了下来——暴风雨终于开始了。

19 不诚实的交易

经过这场决斗，迪斯卡斯中校所属水兵的斗志彻底被瓦解了，摩根船长手下的人很轻易地占领了“闪电”号和另外两艘船。在“教父”号上，他们找到了从英国运往皇家港的大炮和其他的武器装备，那几名负责安装修理这些武器的专家都被绑在那艘“海盗船”的底舱里，至于那些用来作为皇家港防御经费的金币，则是在“闪电”号迪斯卡斯中校的船长室里找到的。

经过审讯迪斯卡斯中校和其他幸存的水兵，摩根船长终于对这件事有了一个完全的了解。

在英国政府决定运送一批新式武器去加勒比海地区的殖民地之后，某个国家（迪斯卡斯中校也并不清楚是哪个国家，不过这也并不重要）很快就得到了这个情报，他们害怕这些新式武器会影响本国在加勒比海地区的利益，并且想将这批武器和相应的技术据为己有，所以就派出间谍和负责运送任务的军官进行接触，想以一笔巨款为诱惑让这些军官半路偷偷把船上的武器和技术人员卖给他们。

“教父”号的船长是一位正直的军人，立刻严辞拒绝了这个建议，如果不是那个间谍跑得快，大概就被抓起来了。迪斯卡斯中校同样严辞拒绝了这个国家的提议，不过他却是因为

有另外一番打算——既然这些东西这么值钱，为什么不卖个更好的价钱呢？

想要把这些东西卖掉，首先就要将其据为己有，为了达到这个目的，迪斯卡斯中校煞费苦心地制定了一个计划。首先，他把“闪电”号上的全部船员都换成了忠于他的死党，又用重金收买了“教父”号上的一部分船员，接下来，他派出心腹提前赶到加勒比海地区买了一艘船并且召集了一群亡命徒，让他们装扮成海盗在半路袭击“教父”号，这样即使有路过的船看到，也会把一切都归咎于加勒比海上肆虐的海盗。接下来，迪斯卡斯中校只需要给各个殖民地的总督送信过去，等他们来花高价购买这些武器和技术就好了。

这个计划的前半部分进行得非常顺利，除了一点小意外：“教父”号上原来的船医偶然知道了迪斯卡斯中校的计划，打算向“教父”号的船长报告，不过迪斯卡斯中校抢先一步派人用马车撞死了他。就是因为这样，赛特才会登上“教父”号。

接下来发生的事情我们就都知道了——在叛徒的帮助下，“海盗们”顺利占领了“教父”号，这些亡命之徒残忍地杀害了上面所有不愿意和他们同流合污的人。带着“教父”号来到草帽岛之后，迪斯卡斯中校给钱遣散了那些亡命徒，然后让他们中的一些带信给各个殖民地的总督，为了取得“买家”的信任，他还特意在每封信里放了这些新式武器的简单资料，不过作为英国政府代表的摩根总督显然是不需要这个的，所以给他的信里并没有。没想到还没到交易的时候，迪斯卡斯中校和他的手下已经被摩根船长率领的“海盗”一网打尽了。

在“闪电”号的船长室里，赛特问摩根船长：“现在我们怎么办？把这些败类送回英国，交给军事法庭审判？”

“这样做太残忍了。”摩根船长脸上满是悲天悯人的慈悲表情，“如果这样做的话，不但他们肯定要被送上绞架，连他们的家族也要为此蒙羞。”

赛特感到非常意外，这些话可不像是摩根船长会说出来的。

不过摩根船长接下来的话证明，他还是那个冷血的摩根船

长："而且把他们送回国，对我来说也没有任何好处。"说到这里，摩根船长的脸上浮现出一个残忍的笑容，"好吧，迪斯卡斯中校和他的手下都是国王陛下勇敢的斗士，他们在与海盗的战斗中流尽了最后一滴血。"这句话就将迪斯卡斯中校和其他俘虏都叛了死刑。

这个判决很快就被执行了，当暴风雨停止的时候，海面上已经看不到迪斯卡斯中校和他手下那些人的尸体了，甲板上血迹也已经被雨水洗刷得干干净净。

摩根船长走上甲板，抬头看了看天空中刚升起的太阳，自言自语说："好了，现在我们只需要等顾客上门了。"在摩根船长看来，事情发展到这个地步，没有理由不把迪斯卡斯中校的"交易"完成——当然，是用摩根船长自己的方式。

到了7月30日中午，有四条船出现在迪斯卡斯中校和"买主"们约定的海域，在那里缓缓游弋。这些船的桅杆顶端都没有悬挂国旗，船身上也没有特别的标志，显然是不想让别人辨认出自己所属的国家。

等待了一小会儿之后，一条单桅小船不紧不慢地驶过来，船上的人向“买主”们乘坐的船发出“请跟随”的信号，然后就掉头离开了，其他船立刻跟了上去。

小船带着其他船在海面上兜了几个圈子，到了傍晚时分才驶入草帽岛的海湾。海湾的岸边点燃了几大堆篝火，有人站在那里向船上的人发出信号“请在这里登岸”。

降帆下锚之后，那几条船上各放下一艘小艇向岸边划过来。当这些小艇靠岸之后，上面的人从船上跳到沙滩上。当他们彼此看到的时候，脸上都闪过惊讶的神色，却都什么也没说 。

篝火熊熊燃烧着，将渐渐黑下来的天空映得有些发红，一个身材高大的黑人站在火堆旁边，看不到其他人。

其中一个“买主”举起手遮住篝火喷出的滚滚热浪，大声对那个黑人说：“你就是那个卖家？我要求先看看货！”

黑人咧开嘴笑了笑，露出一口雪白的牙齿，用不太流利的

英语说："你们已经看到了。"

买主们有些惊讶，莫名其妙地看了看四周，根本没有大炮或者其他武器的影子，他们的疑惑很快就转为愤怒，纷纷大吼

道："你打算要我们？"

"卖家换了，所以交易的内容也变了。"黑人笑得很灿烂，"我们是海盗，而我们所要卖的货物就是你们这些人，所以你们应该早就已经见过了。"话音未落，一大群手持短刀短枪的人从篝火周围的阴影中涌了出来，将买主和他们的随从围在中间，黑洞洞的枪口和闪着寒光的刀锋传达着一个明白无误地信息：别想反抗！

与此同时，两艘身躯庞大的战船出现在海湾入口的地方，将通路堵了个严严实实，船上黑洞洞的大炮已经瞄准了停泊在海湾里的船，随时准备发出死亡的轰鸣。

如果那些买主以及他们的手下能够同心协力的话，他们也

许还有逃跑甚至反败为胜的机会，不过这些人各怀鬼胎，让他们诚心诚意地合作比杀了他们还难。

在死亡的威胁下，买主们选择了放下武器投降，并且命令自己的手下也要这么做。

那些海盗收缴了买主及其随从的武器，然后将他们绑了起来。接着，海盗们从俘虏中挑选出四个人，让他们回去告诉等在船上的人立刻准备好一大笔赎金送来，否则“后果自负”。

没过多久，赎金就由小船送来了，这些船上本来就带着大笔的金钱，当然打算是用来购买那批武器以及相应的技术资料用的。

清点了赎金之后，黑人命令手下从俘虏中挑出几个看起来地位最高的，带着他们登上小艇向停泊在海湾外的海盗船驶去。离开之前，这些海盗严厉警告那些等在沙滩上的人，如果他们的船在半小时之内敢驶出海湾的话，就会在海面上看到人质漂浮的尸体——或者是尸体的碎块。

这个恐怖的威胁非常有效，那些人半个小时之后才敢驾船驶出海湾。

此时那两艘海盗船早已不见踪影，海面上漂浮着一艘小船，上面是那四个被海盗带走的人质，他们都毫发无损，只是因为对着空旷的海面咒骂了太久，有些口干舌燥。

这次的事情让这些“买家”损失不小，不过因为他们本身进行的交易就不是什么光彩的事情，所以这杯苦酒只能自己硬着头皮喝下去，甚至不敢向他们所属的政府进行汇报。

对于这次的事件，摩根总督在给英国国王查理二世的报告中是这么说的：“教父”号与“闪电”号在牙买加附近海域被发现，船上空无一人，据推测可能是在运送武器装备的途中遭遇海盗袭击，那些残忍的海盗杀死了两艘船上所有的人，并且将用来加固皇家港防御的资金抢走，所幸船上运送武器装备及其技术资料并没有损失，现在已经将两艘船拖回皇家港进行修理，等待政府的进一步指示。

20 辉煌的终结

虽然没有丢失重要的新式武器和技术资料，不过“教父”号和“闪电”号的被劫还是在英国政府引起了巨大的震动，特别是两艘船的船员竟然无一幸免，这让所有人都非常愤怒。一时之间，许多大臣都向国会上书要求严厉镇压加勒比海地区再次猖獗起来的海盗势力。与此同时，对摩根总督的弹劾也越来越多，认为他清剿海盗不利，甚至根本和海盗是一伙的。因为摩根总督出身海盗，所以那些“血统纯正”的贵族们早就看他不顺眼了，这些贵族认为摩根总督不过是个野蛮而粗鲁的暴徒，根本不懂什么是政治，而且还和那些粗鲁的海盗勾结在一起，每天与他们纵酒狂欢——他们说得绘声绘色，好像是自己亲眼所见的一样。

“教父”号和“闪电”号上遇难者的亲属中有几位身居高位，在政府中拥有很大的影响力，他们对逝者的悲痛都转化成了对摩根总督的不满，而舆论也对摩根总督越来越不利。

在这种情况下，经过一番考虑之后，英国国王查理二世任命蒙格莫特男爵为国王特使前往皇家港。他此行的目的有两个：一，调查“教父”号和“闪电”号被海盗劫持的事件；二，接替亨利·摩根出任大英帝国牙买加殖民地的总督。

可以想象，摩根总督在接到让他“退休”的命令时有多么惊讶和愤怒，不过最终他还是选择了服从国王的命令。新任总督蒙格莫特男爵很“大方”地让摩根继续住在他原来的总督府里，然后找了一片地给自己盖了一座更加高大气派的总督府——当然，用的都是殖民地居民缴纳上来的税金。

离开总督宝座之后的摩根并没有回到伦敦，而是选择了留在皇家港，希望有一天查理二世会下达命令让他重新出任总督——虽然连他自己都知道这个希望非常渺茫。

曾经有不止一个人劝说摩根重新回到大海上，继续做自由自在的海盗船长，不过都被摩根拒绝了，这样做也许是出于对大英帝国和国王陛下的忠诚，也许是享受过权力带来的快乐之后再也无法回到从前，也许是由于健康方面的原因，也许仅仅是因为这位老人已经身心疲惫……无论如何，真正的原因大概只有他自己才知道了。

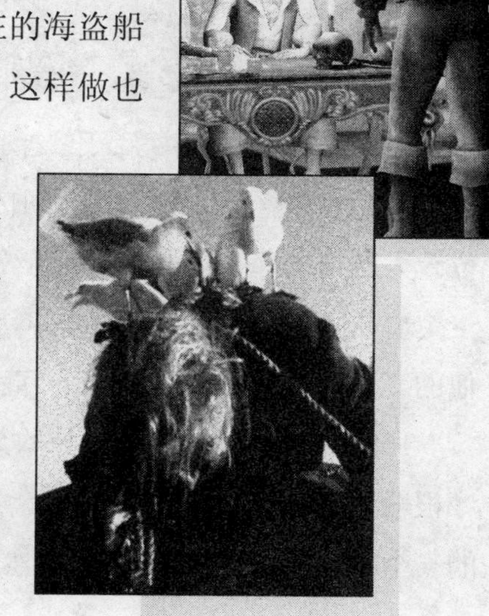

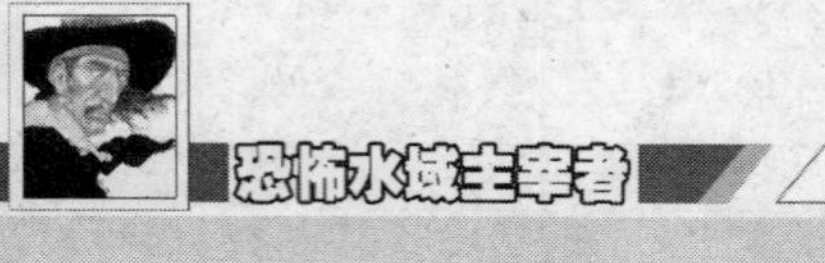

在卸任之后不久，摩根给了“幸运星”号上的水手每人一笔钱把他们遣散了，这些人拿着这笔丰厚的遣散费回到文明社会，过起了正常的生活，只有那个黑人布鲁斯留在了摩根船长身边，忠心耿耿地继续为他的船长服务。

至于赛特·巴特洛克，他在跟随“幸运星”号回到港口之后和摩根船长一起同回到了皇家港，在总督府里住了一段时间之后就带着摩根船长赠送的丰厚礼物乘船回到了伦敦，这时对摩根总督的撤职命令还没抵达皇家港，所以赛特对这件事一无所知。

接下来的这段时间，赛特的生活一直很平静，每天就是在诊所里接待病患，然后回家和妻儿共享天伦之乐。当这位医生的诊所里不太忙碌的时候，他会充满感慨地回忆起自己过去的冒险，以及那位令人胆寒的摩根船长。赛特常常对自己说，如果有机会的话一定要再去一趟牙买加，到皇家港去看望自己的老船长。不过他的工作总是很忙碌，所以一直没有成行。

1688年3月的一天，赛特收到了一封来自摩根船长的信。摩根船长在信上说，希望赛特能够帮他一个忙，到威尔士附近的一个小村庄里寻找他的亲人，然后把他们带到皇家港去见他。

摩根船长一生都没有一个合法的妻子——因为他认为女人会泄露所有的秘密，当然更没有孩子，现在他忽然要寻找自己的亲人，这让赛特有了一种不祥的预感。

不过船长的命令是必须要执行的，赛特立刻放下了手头的工作，用最快的速度把一切安排好，然后只身坐上一辆马车赶往摩根船长在信上说的那个威尔士村庄。

此时距离摩根船长离开这个村庄已经过去了四十多年，早已经物是人非，这座村庄遭遇过数次瘟疫，许多人都在瘟疫中死去了，另外还有一些则搬到了别的地方。经过艰难的探索和寻找之后，赛特虽然没有找到摩根船长的亲人，却意外地了解到一些摩根船长小时候的事情。

1635年，亨利·摩根在威尔逊当地一个农场主的家里出生，他还有一个哥哥和一个弟弟。在他很小的时候，亨利·摩根就表现出与众不同的天赋，经常带领许多孩子去做一些无伤大雅的恶作剧，其中很多都是比他更大更强壮的孩子，却心甘情愿听从他的命令。也许从那时候开始，摩根就开始表现出一个领袖的才能了。在他十岁左右的时候，亨利·摩根就离家出走了，后来就再也没有人见过他。在亨利·摩根离家出走的不久之后，一

场瘟疫夺去了他的父母的生命，家里的其他人也都不知所踪。

在赛特对寻找摩根船长亲人的希望就要消失的时候，一个老人提供了一条重要线索：瘟疫结束之后，他曾经看到摩根家的长子带着自己的小弟弟离开，他还曾经问过这两个孩子要去哪里，得到的答复是要去威尔士投靠一个姨妈。

沿着这条线索追查下去，赛特终于在威尔士找到了摩根船长兄弟的下落。摩根船长的哥哥在到达威尔士不久之后也因病去世了，而他的弟弟活到了三十多岁，在他死之前，他的妻子为他生下了一个男孩，这大概是摩根家族最后的血脉了。

费尽周折之后，赛特终于找到了这个叫做卡尔特·摩根的孩子和他的母亲，然后对她们说明了摩根船长的情况。此时这对母子的生活非常艰难，当听说卡尔特·摩根居然有一个担任牙买加总督（此时赛特还不知道摩根总督已经被撤职了）的有钱叔叔的时候，他们简直怀疑自己是在做梦，得到赛特的再三保证之后，他们才跟随赛特回到伦敦，第二天便登上了前往皇家港的客船。

经过十几天的航行之后，赛特带着卡尔特·摩根母子来到了皇家

港，他打算给摩根总督一个惊喜，所以并没有写信通知他，而是直接带着卡尔特·摩根母子来到了总督府。

出乎赛特意料的是，眼前的总督府显得颓废而凄凉，和他几年前来的时候完全是两个样子。

赛特敲响大门之后过了一会儿，才有仆人打开了大门，他脸上的表情非常凝重，显然有什么事情发生了。

当赛特说出自己要见摩根总督之后，那个仆人说：“如果你们快点的话，也许还可以见他最后一面。”

这个消息让赛特吃了一惊，连话都来不及说就从仆人身边冲了进去。当赛特进入摩根船长卧室的时候，立刻被眼前的景象惊呆了。

卧室里烟雾缭绕，弥漫着难以形容的刺鼻怪味。除了房间

中央的大床之外没有任何其他的家具，地板上用血和其他一些颜料画成奇形怪状的符咒，还摆放着一些白森森的骨头，其中有些很明显是某种动物的头骨。在房间正中的大床上有一个人形的物体，在它的表面覆盖着一层厚厚的黑色淤泥，实在很难看出那到底是什么。

有一个浑身赤裸的黑人正在大床周围不停地跳着怪异的舞蹈，嘴里还在发出有节奏的声音，似乎是在唱歌。他的身上同样画满了奇怪的花纹，头顶戴着用艳丽羽毛装饰的头冠，脖子上挂了鲨鱼牙项链，手脚和腰间都缀满了赛特叫不出名字来的装饰品，看起来非常诡异。

这个超乎现实的场景让赛特一下子呆住了，几秒钟之后才恢复了思考的能力，接着，他猛然发现那个跳舞的黑人“巫师”竟然是在“幸运星”号上见过的那个黑人布鲁斯。一个可怕的想法立刻出现在赛特的脑海里，他发了疯一样冲进房去。布鲁斯显然不希望自己的仪式被打断，怒吼着想拦住赛特，却被赛特猛地推倒在地。事后赛特也很惊讶自己竟然有这么大的力气，可以推倒这个铁塔一样的黑人。

推倒布鲁斯之后，赛特两步冲到床边，伸手抹开一层厚厚的淤泥之后，摩根船长的脸露了出来，此时他的脸色蜡黄，双眼紧紧地闭着。

赛特把手指放在摩根船长鼻子前，发现他还有微弱的呼吸，急忙招呼其他人来帮忙。仆人们七手八脚按住还在怒吼的布鲁斯，然后帮赛特把摩根船长身上的淤泥抹掉，再端来温水帮他清洗身体。

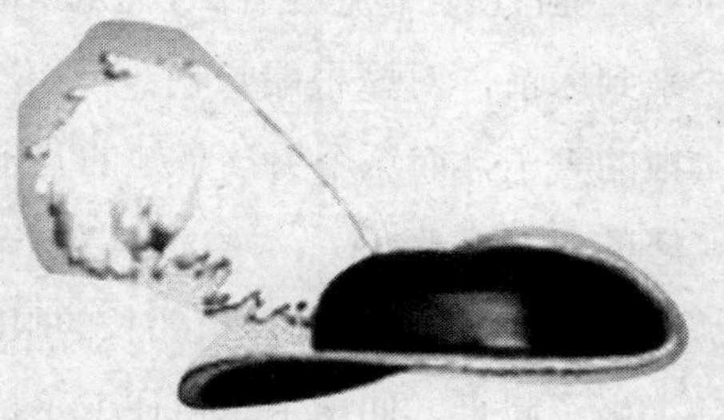

在忙碌中赛特才从仆人的口中得知，在被撤职之后的这几年，摩根船长染上了酗酒和暴饮暴食的恶习，身体也逐渐虚弱，他大概是感到自己将不久于人世，这才请赛特帮忙寻找自己的亲人。在不久之前，摩根船长终于一病不起，请了皇家港的好几个医生来看过都无济

于事，摩根船长的病情反而越来越恶劣。愤怒的布鲁斯把那些医生暴打一顿，将他们赶出门去，然后开始用他们家乡的方式给摩根船长“治疗”，这些怪异的治疗手段除了赛特看到的，还包括用泥浆给患者灌肠，让患者活吞蚯蚓等等。如此令人毛骨悚然的“治疗”引起了仆人们的强烈不满，不过他们稍一反对就会招来布鲁斯的一顿暴打，所以只能眼睁睁地看着他折腾昏迷的摩根船长，直到赛特来了才推翻了布鲁斯愚昧的“暴政”。

赛特很后悔没把自己的医疗包带在身边，没有工具和药物，他所能做的也很有限。这时一个仆人拿来了一瓶嗅盐，赛特立刻打开瓶盖把嗅盐凑到摩根船长鼻子附近。

药物很快就起了效果，摩根船长发出一阵剧烈的咳嗽，然后缓缓睁开了眼睛。他的眼神虚弱和黯淡，已经不是过去那双总是闪着冷酷光辉的眼睛了。

摩根船长的目光在周围扫过，最后落在赛特身上，张了张嘴却没有说出话来。

赛特明白他想说什么，急忙招呼卡尔特·摩根和他的母亲来到床前，对摩根船长说：“这位女士是你的弟弟哈瑞·摩根的妻子，而这个男孩是她的儿子，卡尔特·摩根，也就是您的侄子！”

听到赛特的话，摩根船长的眼睛忽然亮了起来，猛地从床上坐了起来，伸出手想抓住卡尔特·摩根的手，后者被他突然的动作吓了一跳，本能地向后退了一步，使得摩根船长没有抓住。

赛特拉住卡尔特·摩根的手，将其交到摩根船长的手里。摩根船长握着自己侄子的手，脸上的表情变得平静了许多，他似乎有什么话要对侄子说，不过最终还是没能说出话来。他就这样握着卡尔特·摩根的手缓缓闭上了眼睛，向后躺了下去。赛特走上去检查的时候，才发现摩根船长已经没有了呼吸。

亨利·摩根，这位纵横加勒比海令西班牙人闻风丧胆的海盗船长，大英帝国牙买加殖民地的总督，就这样安静地离开了人世。

21 摩根船长的遗产

公平地说，作为一个殖民地总督，亨利·摩根只是一个能力不错但是并不太忠于职守而且缺乏政治手腕的普通官僚，但是作为一个海盗，摩根船长的一生绝对是充满了传奇。

因为海盗这个“行业”的高风险性，几乎没有几个海盗能够平静地死去，即使是那些大名鼎鼎的海盗也不能幸免：威廉·基德船长被吊上了位于伦敦闹市区中心的绞架，尸体被悬挂在码头上直到腐烂；“黑胡子”爱德华·蒂奇的脑袋被砍了下来，硝制之后挂在皇家海军战舰桅杆顶端作为“幸运符”；弗朗索瓦·罗罗诺易兹船长落在一群野蛮的土著居民手中，成为他们餐桌上的大餐；巴塞洛缪·罗伯茨船长在他的最后一次战斗中被一块碎木片切开了喉咙；豪尔·戴维斯船长则是被炮弹把整个脑袋都轰掉了……

相比这些惨死的海盗船长，亨利·摩根的最后时刻显得非常安详而平静——如果不考虑他在死前接受的那些“治疗”的话。

毫无疑问，摩根船长从那些被他洗劫的可怜人那里抢到了庞大的财富。有人曾经作了一个大概的估算，认为摩根船长在巴拿马城至少抢到了价值一百五十万英镑的财富，从包括贝略港在内的其他城市抢到的财富加起来大概也有这个数目，算上从

往来的西班牙商船上攫取的财富，这位船长在他的海盗生涯中大概获得了近四百万英镑的“收入”，这些钱大部分都进入了摩根船长自己的钱包。而在担任总督之后，摩根船长也没有停止他聚敛财富的行动，只不过换了一种更加“文明”的方式，所以他的财富应该只会变得更多。

在他离开人世之前，摩根船长并没有留下任何遗嘱，按照当时英国的法律，他的财产应该由最近的亲属——也就是他的侄子卡尔特·摩根——来继承。卡尔特还是个未成年的孩子，他的母亲也没有什么文化，所以他们请求赛特·巴特洛克帮助他们清点并且处理摩根船长留下的遗产。

赛特很荣幸地接受了这个工作，事实上，他也对摩根船长到底拥有多少财富十分好奇。

清点财产是一件非常繁琐而复杂的事情，为了尽快完成，赛特从皇家港雇了两个会计师帮助自己，然后开始清点摩根船长留下的财产。经过将近三天高强度的工作之后，他们终于把摩根船长拥有的全部财产点查清楚，结果让赛特非常失望。除了房屋和地产等不动产之外，他们在摩根船长的家里只找到二十五英镑的金币和一些零钱，以及价值不超过五十英镑的宝石、金沙和其他值钱的东西。

很明显，摩根船长并没有把他那天文数字一般的财富放在自己家里。这些钱到底在哪里？大概只有摩根船长自己知道了。

财产点查清楚之后，赛特得知卡尔特·摩根和他的母亲决定留在皇家港，不返回英国去了。对于他们来说这是个不错的主意，至少在这里他们有一个还算牢固的大屋作为栖身之所。不过摩根船长留下的遗产并不多，所以赛特帮卡尔特·摩根母子遣散所有的仆人，并且帮他们把不动产交给一家可靠的信托公司经营，这能使他们的日子过得宽松一些。

把这些事情做完之后，赛特向卡尔特·摩根

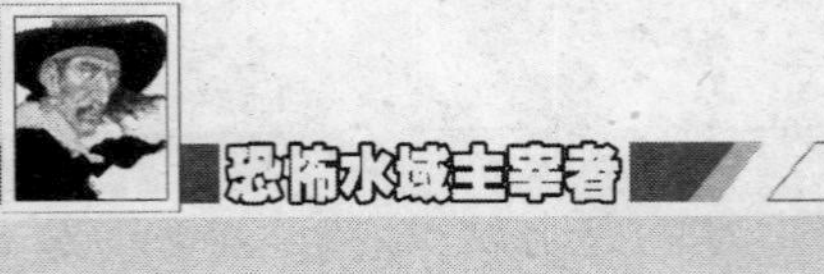

母子告辞，打算乘船回伦敦去，毕竟他还有自己的生活要继续，他的妻子和孩子正在盼望着他回家，还有许多病人等着他去救治。对于赛特为他们所做的一切，卡尔特·摩根母子非常感激，他们原本打算从摩根船长留下为数不多的宝石和黄金中拿出一部分送给赛特作为报答，却被赛特礼貌地拒绝了，毕竟这对母子现在比他更需要这些东西。最后，赛特从摩根总督的遗物中挑选了一根手杖作为纪念，这是摩根船长最喜欢的一根手杖，由上等的东方红木制成，把手已经被磨得光可鉴人，这并不是什么值钱的东西，但对赛特来说却是自己伟大船长留给他的珍贵纪念品。

回到伦敦之后，赛特再次回到他那平凡却幸福的生活，只是偶尔会拿出摩根船长的手杖，回想一下过去那些惊心动魄的冒险。

到了1690年，赛特打算扩大诊所的规模，建成一家私人

医院。为了这个计划，他向一个高利贷者借了一大笔钱，然而医院建造的进程并不顺利，比计划拖了好几个月，直到1691年6月才完工，此时距离还款的期限只剩下不到两个

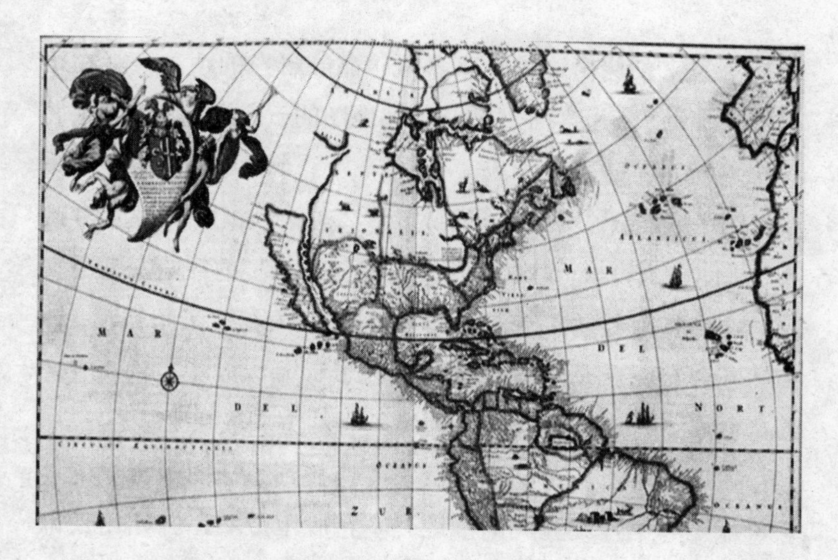

月了，如果赛特到时候筹不到足够的钱，那么他辛苦建成的新医院就将变成高利贷者的囊中之物。

此时的赛特被这个巨大的压力弄得几乎喘不过气来，他把自己关在书房里，像热锅上的蚂蚁一样焦躁地走来走去。这时他忽然有一种想要破坏些什么的冲动，顺手拿起手边的东西向墙上扔过去，当他发现自己扔出去的是摩根船长的手杖时，一切都已经晚了。

手杖被种种的摔在墙上，随着“咔嚓”一声轻响裂了开来。赛特懊恼得走过去拿起手杖想看看还有没有修复的可能，却意外地发现这只手杖竟然是空心的，一卷发黄的羊皮从裂缝中露了出来。

赛特抽出羊皮一看，发现那是一张画得很简陋的地图，上面潦草的字迹显然是摩根船长的手笔。虽然地图上并没有太多的标记，不过在加勒比海地区追随摩根船长当了许多年海盗的

赛特还是立刻认出这是一座名为“骷髅岩”的小岛，就在距离哈瓦那港口几十海里的地方。在地图的一个角落里，摩根船长用红笔画了一个“X”。

难道这是摩根船长留下的藏宝图？这个想法让赛特的心狂跳不已，他立刻收拾行李，第二天一早就登上了前往哈瓦那的客轮。经过十几天的航行之后，赛特独自一人抵达了哈瓦那，他当然不会对所有人说自己是来寻宝的，而是以海洋生物研究者的身份雇了一艘小船，出海向骷髅岩的方向驶去。

独自在岛上转了一圈之后，赛特找到了地图上标记的地方，那是一小片光秃秃的沙地。赛特脱下上衣，开始用铁锹在沙地上挖了起来，此时他也已经五十多岁了，体力大不如前，所以挖一会儿就不得不停下来休息一下。往下挖了一米左右，铁锹就碰到了坚硬的岩石，赛特只好换个地方挖。这样忙活了一天，赛特已经在沙地上挖了六个大坑，他的体力和精

神都已经到了极限，几乎已经绝望了。就在这时，他感到铁锹好像碰到什么金属的东西，发出铿锵的碰撞声。赛特一下子来了精神，疲劳和沮丧一扫而光，弯下腰去用手将那个东西挖了出来。

这时一只一尺见方的小箱子，拿在手里的感觉非常沉重，箱子外面箍着的铁圈锈迹斑斑，看起来已经埋藏在这里不短时间了。

赛特把箱子搬出来放在沙地上，用铁锹轻易就打断了箱子上锈成一坨的锁，然后掀开了箱盖，立刻有一股发霉的皮革味道扑面而来。箱子里放的都是拳头大小的皮质袋子，每个袋子里装满了亮闪闪的金币或者银币。赛特把其中一个袋子里的金币倒在沙地上，金属碰撞的清脆声音和耀眼的金色光芒让赛特忍不住屏住了呼吸。

清点之后，赛特知道这只箱子里一共有四十七个皮袋子，每个袋子里装了十二多枚金币或者银币，总价值应该有一千五百英镑——甚至更多。

赛特把皮袋子装进自己的背包，然后把藏宝图放进空空的宝箱里又把它埋回了沙地下面，然后乘船回到哈瓦那，随即乘客船回到了伦敦，幸运的是，这一路上并没有发生什么意外。

回到伦敦之后，赛特用这笔钱还清了欠款，并且给自己的医院添置了许多昂贵的设备。赛特相信，这笔钱是摩根船长留

给自己的礼物，所以对自己的老船长更是心存感激。这次挖宝之后，赛特意识到摩根船长可能把其他记录着宝藏地点的地图藏在家里的其他地方，他觉得应该提醒卡尔特·摩根母子仔细搜索一下房屋里的暗室、家具的夹层或者其他的有可能藏东西的地方，不过因为医院的事情太过繁忙，赛特决定过一段时间再去皇家港亲自向卡尔特母子说明这件事。

然而不久之后，赛特就得知了一个不幸的消息：皇家港附

近的海域发生了一次巨大的海啸，凶猛的巨浪将皇家港的三分之二埋葬在了海底——也包括摩根船长留下的房子在内。得到这个消息的赛特立刻乘船赶往皇家港，希望能找到幸存的卡尔特母子，却始终没有发现他们的踪迹。有些人说他们在海啸中遇难了，不过还有一些人说他们在海啸来临之前已经乘船离开了皇家港，不知道去哪里了。

从此之后，赛特再也没有得到关于卡尔特·摩根母子的消息。也许他们真的已经在海啸中遇难了，不过赛特宁愿相信他们发现了隐藏在房子某个角落的藏宝图，找到了摩根船长留下的宝藏，离开皇家港去其他地方过着幸福的生活。

1692年的大海啸过后，英国人在皇家港破烂不堪的废墟上建立了新的城市，但是这座曾经的海盗之城好像遭到了诅咒，1703年的时候又在一场大火中烧毁殆尽。当地人只好在海湾的另一边重新建立城市，这就是今天的金斯顿。

虽然皇家港消失了，但“海盗之王”摩根船长的传说却仍然在世上流传，他埋下的那些宝藏也许还沉睡在某个角落，静静地等待着重见天日的那一天……

外篇 加勒比海的海盗

大约在17世纪中期，一些法国探险家乘坐大帆船和大平底船向新大陆进发，来到了伊斯帕尼奥拉岛。这个加勒比海上的小岛被一条大约五六英里宽的狭窄水道与大陆分离开来，中间是一座隆起的小山，从远处看形状非常像海龟，因此得名海龟岛。这些法国人在这里登陆，并且把这里当成了他们的基地，从这里进入内陆并在那里发现了数量巨大的野牛、野马和野猪。

伊斯帕尼奥拉岛的西北海岸位于古巴岛与大巴哈马海岸之间的旧巴哈马海峡的东部出口处，几乎正处在海上航行的主干道上。来到这里的法国人很快就发现，从这里不费分文就能捕捉到野牛，将牛肉卖给往来的船队将使他们获得丰厚的利润。于是，更多的法国人驾着各种各样的船只冲上了伊斯帕尼奥拉岛，在这里安营扎寨，花费大量时间捕捉野牛腌制肉食，接着把它们卖掉赚钱，然后在把赚的钱挥霍掉——在西班牙人统治的西印度群岛上，从来就不缺少奢侈浪费的机会。

刚开始的时候，西班牙人根本不把这些法国人当回事儿，认为他们只是射杀一两头野牛来果腹而已。当法国人由几个人变成几十个人，再由几十个人变成上百人的时候，西班牙人这才发现事态完全不像他们先前想象的那样。对于法国人越来越嚣张的举动，那些更早来到这里的西班牙殖民者开始变得非常愤怒。

有一天，十几名手持武器的西班牙人乘坐船只来到了海龟岛，他们从岛后登陆，把法国人打得落花流水。开始的时候，西班牙人的行动进展得非常顺利，因为每一个法国猎人都是单枪匹马在丛林中活动，除了身边跟着的狗以外没有一个伴儿，因此，当两三个西班牙人遇到一个法国人的时候，这个法国人几乎不可能再次走出丛林。但是很快这些法国人为了自卫组织起来，他们眼明手快，目标明确，有着不达目的绝不罢休的决心，等到他们变得越来越强大之后，便开始采取攻势，主动向西班牙人发起进攻。法国人再次登上了海龟岛，西班牙人就像惊弓之鸟一样逃离海龟岛。

海龟岛上的法国人通过有秩序的合法贸易，从往来的船只那里赚到了无数的钱财，但是一个叫做皮埃尔·勒格朗的法国人却对此却并不满足，他想要更快地从往来的船只上弄到更多的钱——用抢的。皮埃尔·勒格朗纠集了另外28个和他一样贪婪而狂热的伙伴，弄了一只小得几乎无法塞下所有人的小船，迎着风浪驶入了加勒比海。经过漫长的等待之后，他们看到了一条船。

海盗们看到的这只船属于西班牙商人，船上的西班牙人比皮埃尔·勒格朗的海盗多一倍。即使如此，皮埃尔和他的伙伴们还是决定拿下这艘西班牙船，否则就在战斗中死去。晚上，海盗们接近了西班牙船只，皮埃尔命令一名海盗在大家离开的时候毁掉自己的船。他们从西班牙船的侧面爬了上去，一帮海盗冲进了军械库，抢到了武器和弹药，杀掉了所有挡住他们去路和企图反抗的西班牙人。另一帮海盗则紧跟皮埃尔冲进了大船舱。当时，船长和几个朋友正在玩牌，对此毫无防备，皮埃尔一个箭步上去，把枪抵在了他的胸前，命令他交出船只。在投降和死亡之间，西班牙人选择了投降。通过这次行动，海盗们获得了丰厚的战利品。

不久，这场伟大的壮举连同他们获得巨额财富的消息，传到了海龟岛和伊斯帕尼奥拉岛上那些制作腌肉的人的耳朵里。海盗们的壮举引起了巨大的骚动和震撼，整个海龟岛都沸腾了。于是，猎捕野牛和制作腌肉立刻不再受欢迎，海龟岛上的人们现在惟一想做的事情就是成为海盗去掠夺他人的财富。

不久，这些海盗行为造成的恶劣后果便逐渐显现出来。由于猖狂的海盗行为，西班牙商船的船主和托运货物的人们承担了巨大的风险，如果没有强大舰队护航的话，商船几乎都不敢出港，即使有了舰队护航，他们也无法避免海盗的侵扰，这使得商业活动很快就几乎完全从在这片海域上消失了。从中南美洲出口到欧洲的货物都取道麦哲伦海峡，几乎没有船只再走巴哈马和加勒比群岛之间的水道了。这样一来，那些原本获利丰厚的海盗行为也不再像当初那样能够获得丰厚的回报了。

即使在海上逡巡一个月，海盗们也无法找到一个可以抢劫的目标，更别说得到惊人的财富了。即使他们足够幸运地抢到一条船，从船上抢到的钱连为海盗船补给食物和淡水都不够。这些海盗们意识到必须开拓新的出路，否则他们只能等待灭亡。

这时，有一个人为海盗们指了一条明路，提供给他们一个从西班牙人身上榨取钱财的新方法，他就是英国人刘易斯·司格特。由于海上的抢劫已经不能再给海盗们带来丰厚的收益了，因此要想挣钱，海盗们必须到陆地上去掠夺财物。刘易斯·司格特是第一个认识到这个事实的人。他招集了一大帮和他一样强大、嗜财如命的亡命之徒，突袭了坎佩切湾，洗劫了那里的城镇，带走了一切能带走的东西。把城镇洗劫一空之后，司格特还威胁那里的人，如果不交出他要的一大笔赎金的话，就放火烧掉所有的房子。结果他成功地得到了这笔钱，并安全地返回了海龟岛。

得到这次成功的鼓舞，越来越多的海盗集合起来向西班牙殖民地发起了攻击。芒斯威勒、约翰·戴维斯、弗朗索瓦·罗罗诺易兹都是令西班牙人闻风丧胆的海盗船长，而其中最著名的就是英国人亨利?摩根，他不但洗劫了数个西班牙港口，甚至还摧毁了当时西班牙人在美洲最强大的据点——巴拿马城。

亨利·摩根达到了海盗事业的巅峰，他被英国国王任命为牙买加的总督，开始为大英帝国清剿这一海域的海盗。从那以后，加勒比地区的海盗力量便逐渐衰弱，获得的财富也越来越少，又过了一些年，海盗们终于被全部剿灭了。